KB176023

아라베스크

聖俗

아라베스크

聖俗

권태철 시집

이담
Books

참고의 말

목질, 수직, 수평, 나무, 성속, 시간, 펄, 그림자, 가면, 대류, 공중 호수, 혀, 균열, 기화, 차원 축소 등과 같은 이미지를 망(網) 구조로 엮어 聖과 俗의 문제를 생각해 보았다.

차례

1. 벌판에 한 그루의 나무가 서 있다

쏟아지는 햇빛. 빛 비. 이파리로 가득한 저 나무가 한 그루의 푸른 호수 같구나. 바람이 부니, 반짝이는 이파리가 물결처럼 일렁인다. 幻. 바람이 부니, 반짝이는 이파리 각각이 하나씩의 빛점을 품고 있다. 하이라이트, 흰 방점. 바람이 부니, 문득 그 빛점이 흰 눈으로 보인다. 그리고 깜박, 눈 뜬다. 눈 떠. 나무가 눈 뜬다. 그 순간 푸른 이파리들은 꿈틀대는 물고기가 되어 허공을 훨훨 헤엄치고 있다. 물고기 나무! [1]

야~ 저 축 늘어진 녹색을 보라고. 늦여름, 칙칙한 녹색으로 번들거리는 나무가 꼭 녹조의 호수 같아. 숨 막혀. 여백 없이 꽉 찬 물 같아. 숨 막혀. 물은 보통 그 풍요로운 여백으로 주변 풍경을 수면에 한껏 담아내잖아? 맑지. 맑아. 그런데 저 물은 하늘을 담을 여력조차 없어 보여. 완전히 지친 물 같아. 아마도 여름 내내 쪼였던 빛이 안에서 너무도 엉켜버려 그 꼬인 관계로 인해 나무는 지친 것 같아. 불투명해. [2]

벌판. 하얀 땡볕. 저편 푸른 나무 한 그루. 그늘 한 그루. 하늘엔 녹음을 뿜어대고, 땅엔 그림자를 드리우며, 나무가 서 있다. 홀로 아름답다. 홀로 성스럽다. 딱 한 그루라 더 아름답다. 외롭고 희박하여 더 성스럽다. 땅 위의 하나, 하늘 밑의 하나. 딱 하나! 오직 하나의 님! 봐라, 저 그늘은 구원일 수밖에 없다. 神일 수밖에 없다. [3]

허허벌판에 나무 한 그루 서 있네. 우뚝, 수직이야. 이파리는 푸르고 그늘은 검어, 수직 전체로는 검푸르게 보이네. 멀리서 보면 저 공간 주변이 검푸른 가면을 쓴 듯 아주 신령스러워 보이네. 신령(神靈). 저 나무는 땅에 꽂힌 칼처럼 서 있는 어떤 존재로만 보여. 서슬 퍼런 神 말이지. 저 수직은 수많은 상징을 피처럼 흘리며 서 있어. 저것 좀 봐. 저 주위로 神, 기화, 대류, 반고, 솟음, 혀, 필,

균열, 길, 聖 등이 뚝뚝 떨어지고 있는 것을. [4]

무엇이 聖이고 무엇이 俗일까. 聖과 俗은 주변과의 관계로 갈린다. 한 마디로 드물면 聖이고, 많으면 俗이다. 가령 같은 나무라도 정글의 나무는 빽빽하기에 俗이고, 들판의 한 그루 나무는 드문드문하기에 聖이다. 더불어는 그 치열함으로 俗이 되고, 홀로는 그 외로움으로 聖이 된다. [5]

엮일수록 속되고, 고립될수록 성스럽다. 관계를 맺는 것은 俗化하기다. 능숙한 것과 익숙한 것은 俗이고, 낯설고 서툰 것은 聖이다. 그래서 목사는 '더불어' 俗이고, 수도사는 '홀로' 聖이다. 聖이란 대체로 현실 감각을 잃어버리는 것이다. 즉 한갓 무늬가 되고 마는 거다. 관념이 되는 거다. 반면 俗은 확고한 흙덩이 또는 절절한 현실이다. [6]

나무 밑은 속도가 느려지는 곳이다. 속도가 느려지며 욕망도 수그러드는 곳이다. 나무 밑에선 시간조차도 느려진다. 나무 밑에선 공간 사이의 관계는 약해지고 존재 사이의 관계는 강해진다. 하여 여기선 물질이 흐르는 게 아니라 위로가 흐른다. 나무 밑은 수직의 차별 없이 모두가 나란한 수평의 공간이다. 화해의, 聖, 터. 물론 그 수평이라는 것이 필히 俗 그늘을 낳기도 하지만. [7]

그늘 하나 없는 해를 본다. 맑다. 환하다. 저 빛은 항상 위로부터 수직으로 내리 꽂히기만 한다. 해는 가지런한 빛 화살로 하얗게 쏟아지고만 있다. 저 촘촘함. 봐라, 수직은 빛의 결이고, 수평은 빛의 절단이다. 수평은 빛의 결을 가로지르는 횡단이라 필히 그늘을 낳는다. 그늘이란 사실 어떤 칼질에 대한 부작용이다. 그래서 그늘엔 늘 검음이 피처럼 뚝뚝 흐른다. [8]

2. 나무는 구원이다

뜨거운 빛 창을 마구 찔러대는 태양. 땀을 피처럼 흘리는 사람들. 더운 사람들. 그리고 나무. 방패처럼 큰 그늘을 드리운 나무. 이파리가 갑옷 같다. 견고한 비늘의 푸른 갑옷 같다. 산들대는 바람. 그 바람을 휘감고 있는 나무. 일렁이는 나무. 물결처럼 일렁이는 나무. 바다. 푸른 바다. 빛 비늘의 바다. 이파리가 웃는 바다 같다. 시원하게 그늘 진 '聖' 바다 같다. 구원, 여긴 구원이다. 성소(聖所)다. [9]

땡볕. 뙤약볕. 저 찌르는 듯한 빛 창. 가시 돋은 빛. 거친 태양. 神은 충일이지만 때론 갈증이거나 피다. 희고 검은 神. 거칠고 부드러운 神. 서로 다른 두 개를 한 몸에 갖고 있는 神. 품으면서 푹 찌르는 이중의 神. 해라는 쌍신(双神). [10]

땡볕을 걷네. 빛이 건조한 이성과 논리라면, 그늘은 촉촉한 감성이야. 어둑한 감성은 일종의 휴식이고 구원이야. 이성은 말이지, 너무 지친단 말야. 지쳐. 환해서 지쳐. 이성은 즉각적인 능동과 꼭 해야만 하는 작위라서 지친다고. 그래서 빛이 넘치면 우리는 꼭 그늘을 찾지. 그늘에서 바람과 더불어 그냥 쉬고 싶은 거라고. [11]

사막은 드문드문함으로 홀로 성스럽고, 정글은 가득 참으로 더불어 속되다. 그래서 神은 사막에서 나오고, 생명은 정글에서 나온다. 묘하다. 聖은 절정에서 곧 황폐해지고, 俗은 나락에서 바로 무성해진다. 그리하여 빛으로 가득 찬 사막은 저리 쉬 황폐해지는 것이고, 그늘 범벅의 정글은 또 저리 쉬 풍요로워지는 것이다. [12]

이파리들이 푸른 철갑을 두른 듯하다. 저 강인함. 나무는 갑옷 입은 모습이요, 여름 장군의 모습이다. 나무는 온몸으로 빛 화살을 막아내며 시원한 그늘을 드리우고 있다. 보호의 그늘. 무더운 여름, 이리저리 탕탕 튀는 저 사나운 빛살들. 그 순간 나무는 영락없는 구원

자의 모습으로 나타난다. 그림자라는 聖 망토를 펼치며. [13]

나무는 갑옷 장군이야. 멋진 구원자지. 바람이 부네. 빛에 반짝이는 저 이파리가 방울소리 같아. 딸랑딸랑, 무(巫). 그 순간 갑옷 나무가 당산나무처럼 보이네. 당산나무는 무속 장군이기도 해. 그 역시 구원자야. 당산나무는 신성과 속세가 만나는 경계로, 일종의 펄이라 할 수도 있어. 그래서 모든 나무는 聖 밀물과 俗 썰물이 교차하는 소통의 영역인 거야. [14]

3. 나무는 축제다

한 그루의 나무가 꼭 푸른 홍채 같아. 와, 그러고 보니 나무는 온 존재로 눈이로다. 푸른 눈. 빛나는 나무가 그 밑의 그늘과 하나로 어우러져 마치 홍채와 동공으로 보이네. 그건 동공이 곤추선 고양이의 푸른 눈 같기도 해. 잘 보면, 실제 고양이의 눈에도 한 그루의 검은 나무가 서 있거든. 聖木. [15]

땡볕 속 한 그루 나무는 시원한 그늘을 드리운다. 검은 그림자를 드리운다. 그 그림자는 빽빽한 하얀 빛 창이 잘려나간 흔적이다. 그 그림자는 뾰족한 흰 날카로움이 제거된 부드러운 검은 융단이다. 저 은총과 쉼, 여백. 나무 그림자는 神이 쓴 인자한 얼굴 가면이다. 하여 나무 밑은 이미 아늑한 절이다. 구원의 공간이다. [16]

씨앗이 떨어질 땐 씨앗 위로 하늘이 얹히지. 거대한 하늘의 무게로 씨앗은 무거워져. 씨앗은 어마어마한 무게로 땅과 충돌하고 말아. 땅은 팡~ 튀지. 폭탄 맞은 듯 땅이 튄다고. 그 파편의 형상이 나무야. 그래서 나무는 수면에 튀는 물방울 왕관 모양을 하고 있어. 허공에서 펑~. 어때? 나무는 꼭 폭죽 같지? 축제 같아. 근데, 땅이튈 때의 그 왕관 모양 말이지, 그 왕관은 손가락이 많은 어떤 손

같아 보이기도 해. 그건 꼭 뭔가를 심는 손 같다고. 손. 그건 아마도 神의 손일 거야. [17]

나무는 솟아올라 펑 터진 후 다시 내려오지. 그리곤 또 올라. 순환. 나무는 그렇게 대류의 형상을 하고 있어. 하나의 작은 완결이지. 그 자체로 완벽한 닫힌 세계야. 나무를 잘 봐봐. 나무는 폭죽 같다고. 그 폭죽은 땅으로부터 검은 가지로 오르고, 푸른 이파리로 터지며, 붉은 낙엽으로 쏟아져. 나무는 어둠에서 시작해 빛과 색으로 끝나는 극적인 과정을 이루지. 원을 그리는 하나의 순환이야. 나무는 그렇게 제자리를 맴돌아. [18]

나무, 축제가 열린 듯 펑펑 터지네. 왁자지껄, 여기저기서 즐거워. 나무는 형형색색의 폭죽이야. 나무는 이파리로 터지고, 꽃으로 터지며, 열매로도 터지지. 또 단풍으로 터지고, 형상으로 터지며, 색으로도 터져. 맛으로도 터지고. 그 모두를 우리는 그냥 환함이라고 해. 근데 말이지, 환함은 환함으로 환하지만 필히 그늘도 낳더라. 하여 빛에는 늘 한 줌의 어둠이 있더라. [19]

4. 빛과 그림자

모여 있으면 자기 발자국을 상대에게 새기지. 절로 밟는 거야, 그냥 새기는 거라구. 그게 그림자야. 그림자란 몸의 발자국인 거지. 그래서 나무가 모인 정글은 서로가 서로를 밟는 곳이야. 거긴 서로가 서로에게 그늘을 드리우는 무자비한 발투성이의 공간이지. 그래서 어둑해. 무자비해. 정글은 너무나도 俗의 공간인 거야. [20]

늘 찌르고 찔리지. 우린 모이면 서로를 자극하잖아. 자극은 서로의 욕망을 부풀어 오르게 해. 각자의 욕망이 모두의 욕망을 키우는 셈이야. 어휴, 저 도시 좀 봐. 저렇게 모이니 모두의 욕망이 서로 얽히고설켜 거대한 붉은 덩어리를 이루고 있네. 홍등(紅燈) 같아. 별수 없어. 모이면 그냥 俗이 되는 거라고. 새빨간 아주 새빨간 俗 말이야. [21]

복닥복닥한 빌딩 숲은 속된 공간이다. 빌딩 숲은 늘 그늘과 그림자로 가득하다. 해가 없다. 도시는 정글처럼 욕망의 어둠으로만 가득하다. 그 그늘이 어느 순간 야수로 돌변한다. 그림자 야수. 그늘 야수는 미처 날뛰며 공간 곳곳에서 피를 찾는다. 굶주린 듯. 그리곤 붉은 입을 크게 벌려 누구에게든 확 달려든다. 핏빛, 俗, 터, 저(猪). [22]

밟고 밟힌다. 밟는 것도 관계야. 닿음이지. 촉(觸)이라고. 밟는 것은 수직의 닿음이야. 수직이라는 방향성은 힘의 관계를 나타내. 그래서 수직은 그 자체로 밟음이야. 위계지. 반면 팔을 뻗는 것은 수평의 닿음이야. 손잡는 것 말이지. 수평은 수직과는 달리 힘을 배제한 상호 동등한 관계인 거야. 어깨동무, 평등, 뭐 그런 거라고. … 수직의 끝엔 빛이, 수평의 근원엔 어둠이, 있다. [23]

해 질 녘, 길게 누운 해가 세상을 수평으로 민다. 세상은 꿈쩍도 않지만, 그림자는 커져만 간다. 그림자는 찢어질 듯 아주 길게 늘어난다. 쭉쭉. 쑥쑥. 검음이 가로로 우거진다. 그림자는 검은 나무를 닮아 간다. 해 질 녘, 땅바닥엔 거대한 그림자의 숲이 펼쳐진다. 저 무성하고 쓸쓸한 클라이맥스! 머지않아 밤이라는 무자비한 괴물이 저 그림자 나무들을 다 삼켜버릴 것이다. 그리고 어떤 속에 이른 듯, 캄캄한 無가 펼쳐질 것이다. … 그림자란 해 질 녘의 절정에서 바로 소멸해 버리는 허망한 존재다. [24]

그림자란 내 몸이 땅에 음각으로 새긴 무늬야. 그림자는 내 몸이 땅에 만들어낸 虛의 구멍 또는 헛땅굴이지. 그림자는 평면에 만들어지는 얇은 벼랑인 거야. 깊이 없는 천 길 낭떠러지지. 그런 엄청난 虛를 파내는 힘의 근원은 물론 빛이야. 虛한 듯 實한, 저 빛. [25]

그림자는 아찔한 벼랑이야. 봐, 實이 끊기는 곳엔 꼭 虛가 서지? 벼랑은 어마어마한 虛인 거야. 벼랑은 칼날을 닮았어. 칼날은 얇은 實 주변으로 두꺼운 虛가 서 있는 모양이잖아. 그림자는 반대로 얇은 虛 주변으로 거대한 實이 서 있지. 빛이라는 實 말이야. 그림자는 虛로 된 칼날과 같아. 저 그림자가 빛 實을 마구 베어 내는 게 보이니? [26]

5. 그림자와 빛

슈퍼문이 뜨고 있어. 먼 전봇대가 더 먼 달에 수직으로 박혀 있군. 꼭 고양이의 눈 같아. 달이 우리를 보네. 밤이라는 어둠이 달이라는 빛으로 세상을 굽어보고 있어. 시커먼 밤 짐승이 달빛 눈으로 우리 세상을 보고 있다고. 슈퍼문은 검은 고양이의 호박색 눈이야. 저 따뜻한 주황빛 응시가 세상을 잔잔히 밝히네. 축제. [27]

해는 빛이고, 눈은 어둠이야. 해의 그림자가 눈 속의 검은 동공이지. 해에서 나온 빛은 세상 풍경을 두루 거쳐 결국 눈의 어둠으로 모여드는데, 그게 응시야. 응시는 어둠이 빛을 향하거나, 빛이 어둠을 향할 때에만 가능해. 즉 응시는 빛과 어둠의 쌍(双)으로 이루어지지. 만약 어느 하나만 있다면 세상은 그냥 민짜의 풍경으로 보일 거야. 낮의 푸른 하늘처럼 막막한 장막이 되고 말거라고. [28]

빛과 어둠의 쌍(双). 빛은 얇고 세세하게 펴려 하고, 어둠은 덩어리로 뭉뚱그리려 한다. 빛은 여러 색의 무지개로 흩어지려 하고, 어둠은 하나의 검은 색으로 응집되려 한다. 빛은 현란한 무늬를 이루어 聖이 되려 하고, 어둠은 밋밋한 민짜의 俗이 되려 한다. 빛이 높이의 하늘이라면, 어둠은 넓이의 땅이다. [29]

빛은 일방적으로 내리꽂히고, 어둠은 상호 언대한다. 빛은 곧은 수직이고, 그림자는 너른 수평이다. 빛은 벼랑이고, 그림자는 벌판이다. 빛은 홀로의 능동이고, 어둠은 서로 손잡은 수동이다. 빛은 聖이고, 어둠은 俗이다. 그리하여 聖은 수직이고, 俗은 수평이다. [30]

밤이란 그림자다. 아주 큰 그림자. 빛이 현란한 무늬를 갖는 겉이라면, 밤은 무언가의 단조로운 안쪽이다. 빛이 이성처럼 세세한 구분이라면, 밤은 감정처럼 뭉뚱그려진 덩어리다. 낮이 세계의 아롱지는 표면이라면, 밤은 세계의 미끈한 내부다. 낮은 聖이요, 밤은 俗이다. [31]

낮은 빛의 펼쳐짐이야. 봐봐, 곳곳이 형상으로 불타고 있잖아. 풍경이 환하게 부채처럼 펴지고 있어. 세상은 온통 얇은 표피가 되고 있네. 낮의 세상은 빛의 아롱무늬야. 반면 밤은 그림자의 응집이지. 밤엔 세상이 오그라들고 있어. 형상은 온통 뭉개지며 하나의 검은 덩어리가 되고 있지. 밤의 세상은 입방체의 깜깜한 바닷속 같아. … 빛은 얇고, 어둠은 두껍다. 낮엔 무엇이든 얇아지고, 밤엔 두꺼워진다. [32]

그림자의 거대한 응집이 밤이야. 밤은 그림자의 바다지. 밤, 두껍고 불투명한 검음이 물결처럼 출렁이네. 그런 밤에는 볼 순 없고 닿을 수만 있어. 촉(觸). 반면 낮은 빛의 넓은 퍼짐이야. 부챗살 모양의 탁 트인 시야지. 낮은 맑고 투명한 바다야. 낮에는 닿지 않아도 다 볼 수 있어. 전능한 응시라고 … 응시할 수 있는 곳은 聖이 되고, 응시할 수 없는 곳은 俗이 된다. [33]

6. 빛은 세분화하고, 그림자는 뭉뚱그려진다

수직으로 하나의 선을 그어 봐. 그러면 위는 세분화하며 빛이 되고, 아래는 뭉뚱그려져 어둠이 되지. 위는 푸르게 퍼지며 하늘이 되고,

아래는 검게 모여 땅이 된다고. 어때, 나무를 닮았지? 하나의 선을 그으면 그렇게 저절로 나무의 형상이 되는 거야. 그게 우리 관념의 본성이지. 물론 그 본성은 神을 닮아 있어. 이원론의, 神. [34]

숯과 재는 형상의 그림자야. 숯과 재는 불이라는 센 빛이 만천하에 드러낸 존재의 근원적 어둠이지. 결코 제거할 수 없는 바다. 숯과 재는 형상의 본질에 대한 적나라한 까발림인 거야. 물질의 원초적 야함 말이지. 봐봐, 흙은 꼭 누런 재 같지 않니? 사실 땅이란 온갖 형상이 타버린 흔적 즉 재 같은 어둠이 하나로 뭉친 어둑한 응집체인 거야. 땅은 무수한 그림자의 거대한 축적이라고. … 재와 그림자는 절로 모인다. 그냥. 그리고 어두워진다. 낮아진다. 커진다. 俗, 된다. [35]

눈은 홍채라는 빛과 동공이라는 그림자가 이루는 쌍(双)이야. 우리는 빛과 어둠의 쌍으로만 세상을 볼 수 있지. 하나만으로는 아무 것도 못 봐. 은하를 보자고. 은하는 우주의 눈이야. 중앙의 블랙홀은 검은 동공이고, 주위의 별들은 형형색색의 홍채지. 우주 또한 빛과 어둠의 쌍으로 스스로를 보고 있어. 물론 우리는 그 응시로부터 태어났지. 불상도 눈을 닮았어. 비로자나불의 아름다운 몸은 홍채이고, 후광은 동공이야. 후광이라는 동공은 특이하게도 어둠이 아닌 빛으로 되어 있지. 일종의 빛 어둠이야. 불상은 그런 기이한 쌍의 눈이기에 영적인 세계를 볼 수 있는 건가 봐. … 몽매는 홑이고, 통찰은 쌍이다. [36]

빛은 이성이어서 세분화하지만, 그림자는 희로애락의 감정이어서 굵게 뭉뚱그려진다. 감정은 자꾸 덩어리지려 한다. 이성은 펴지고 펴져 표피의 하늘이 되려 하지만, 감정은 단단하게 뭉뚱그려져 검은 땅이 되려 한다. 이성이 하늘의 수직이라면, 감정은 땅의 수평이다. 이성이 환한 聖이라면, 감정은 어둑한 俗이다. [37]

수직은 위를 향할수록 충만해지고, 아래를 향할수록 허기진다. 아절한 벼랑은 급강하이므로 허기다. 벼랑은 크게 벌린 굶주린 아가리와 같다. 벼랑은 實을 닥치는 대로 삼켜버린다. 물론 그러고도 虛하지만. 반면 교회의 첨탑은 급상승하는 포만의 형상이다. 첨탑은 모든 虛를 끊임없이 삼키며 높이 實해진다. [38]

7. 수직은 聖이고, 수평은 俗이다

나무는 수직의 존재다. 나무는 솟고 솟아 높이 그 자체가 된다. 위라는 神을 향한 아찔한 독주, 그게 높이의 본질이다. 그래서 높이는 성스러우나 외롭다. 또 불안정하다. 나무는 수평의 존재이기도 하다. 나무는 늘 좌우로 팔을 펴 아슬아슬한 균형을 잡는다. 주변을 손잡는다. 연대. 안정. 수평은 손잡음이다. 화합이다. 관계다. 나무는 기둥으로는 높이의 수직을 세우고, 가지로는 넓이의 수평을 뻗는다. 나무는 수직으로 聖이고, 수평으로 俗이다. [39]

수평은 옆이다. 그래서 수평은 서로 손잡는다. 수평은 관계고, 관계는 엮임이며, 엮임은 섞임이고, 섞임은 뭉개짐이다. 그래서 결국 수평은 뭉개짐이다. 즉 하나 됨이다. 땅이다. 수평은 서로에게 위무의 그늘을 드리운다. 관계란 서로에게 쉼 같은 그림자를 드리우는 거다. 그리하여 관계를 맺으면 개별은 약화되고, 전체는 강화된다. 수평은 그렇게 전체만을 도드라지게 한다. 반면 수직은 홀로요, 그림자 없음이다. 수직은 오직 개별만을 도드라지게 한다. 솟대. 독주. 수직은 텅 빈 하늘이요, 뾰족한 빛이다. [40]

세상은 저절로 돌아. 원이지. 저기 끊임없이 오르고 내리는 게 보이니? 높이의 놀이가 우리의 본질인가 봐. 생명과 솟대는 봄을 닮은 상승 기류의 모습이고, 파괴와 죽음은 가을을 닮은 하강 기류의 모습이야. 나무와 마천루는 욕망하는 상승 기류의 모습이고, 낙엽과 비는 체념하는 하강 기류의 모습이야. 잘 봐봐, 세상은 상반된 두 요소가 서로의 꼬리를 문 둥근 대류의 형상을 하고 있어. 꼭 태극 같지. [41]

수직은 聖이고, 수평은 俗이야. 세상은 수직으로도 돌고, 수평으로도 돌아. 나무는 용 같은 수직 대류의 모습이고, 도로는 뱀 같은 수평 대류의 모습이야. 나무와 도로는 대류라는 큰 원의 일부를 이루며 서로 닮아 있지. 聖俗之圓! 보라구, 나무는 선 도로고, 도로는 누운 나무야. 쌍(雙). [42]

가면을 쓰면 그는 즉시 수평의 관계나 수직의 관계가 된다. 가령 초랭이탈을 쓰면 그는 하인이라는 하나의 역할로 축소되고, 마당극에서의 각 역할은 서로 간의 동등한 관계를 바탕으로 하므로, 그는 수평이 된다. 즉 가로가 된다. 俗 말이다. 또 神의 탈을 쓰면, 그는 하늘을 받아 땅을 잇는 역할을 하므로 차별의 수직이 된다. 위계. 그는 神이라는 일방적 관계 즉 세로가 된다. 聖 말이다. [43]

솟거나 추락하는 것은 수직이다. 높이다. 그런 수직은 시간의 관계 즉 순서로 나타난다. 수직은 덩어리가 아니라, 시간을 따라 차례로 풀어지는 긴 선(線)의 모양을 하고 있다. 수직의 본질은 일렬로 늘어선 긴 시간인 것이다. 반면 수평은 수직 주위로 둥글게 덩어리진 공간이다. ⋯ 수직은 시간이고, 수평은 공간이다. [44]

나무는 시공간의 존재다. 나무의 기둥은 시간이라는 수직이고, 가지와 이파리는 공간이라는 수평이다. 기둥은 시간을 홀로 독주하는 수직이고, 가지와 이파리는 공간을 더불어 엮는 수평이다. 기둥이 끊임없이 좌우를 단절시키며 높이를 만들어 간다면, 가지는 상하를 소통시키는 계단을 놓는다. 기둥이 우뚝 선 용이라면, 가지는 길게 누운 뱀이다. [45]

나무의 높이란 수직이고, 수직은 단단한 목질을 바탕으로 한다. 목질은 대부분 죽은 세포이므로, 목질은 죽음의 결과다. 결국 나무의 수직은 죽음을 바탕으로 하는 거다. 하여 나무의 수직은 서늘한 비명이 들리는 벼랑과도 같다. 그런 벼랑이 가로로 길게 누우면 길이 된다. 가지 말이다. 요컨대 나무의 기둥은 단절의 벼랑이요, 나뭇가지는 소통의 길이다. [46]

8. 수직과 수평 – 神은 수직이다

神은 수직이다. 수직은 자연스러움이 아니라 작위요 꾸밈이다. 애씀이다. 수직은 인간이 만든 문명과 깊은 연관이 있다. 그래서 수직으로서의 神은 문명의 귀결인 것이다. 神은 문명과 함께 태어났다. 神은 인간이 만든 인간만의 유희다. 聖俗의 구분이 그러하듯. [47]

수직의 관계는 서로 다른 형상의 종(種)을 낳고, 수평의 관계는 서로 닮은 형상의 복제 혹은 증식을 이룬다. 수직의 관계는 세로로 솟아 높이의 聖을 낳고, 수평의 관계는 가로로 엮여 넓이의 俗을 이룬다. 수직의 관계가 빛이라면, 수평의 관계는 어둠이다. 수직의 관계는 여러 스펙트럼의 무지개 색으로 찬란히 분열되고, 수평의 관계는 하나의 크고 검은 덩어리로 단단히 뭉쳐진다. [48]

神이라는 글자를 보라. 뭔가 비쭉하고 솟구쳐 있지 않은가? 神은 그냥 절로 솟대의 모습이다. 수직선 말이다. 저 멀리 수직의 선을 그어 본다. 위와 아래. 하늘과 땅. 가만히 응시하고 있으면, 수직의 상부는 점점 神 같은 푸른빛의 형상을 닮아 가고, 수직의 하부는 속인(俗人) 같은 검은 그림자의 형상을 닮아 간다. 하여 수직선은 잎과 뿌리, 빛과 어둠, 聖과 俗으로 절로 분화된다. 쌍(双)으로 분기된다. 그게, 나무다. [49]

나무의 수평은 땅 기운의 결과다. 땅의 기운은 팔을 벌려 서로를 끌어안는 형태로 나타난다. 즉 관계다. 세상의 모든 연대는 그런 땅 기운의 당연한 귀결이다. 수평이란 위대한 俗化다. 반면 하늘의 기운은 솟음이다. 즉 수직이고 높이다. 하늘의 기운은 관계가 아니라 홀로의 형태로 나타난다. 그건 神을 향한 독주다. 나무의 수직은 외로운 聖化다. [50]

높이에는 긴 과정의 위태로운 축적이 있다. 높이는 내공이다. 높이는 오랜 축적의 결과다. 쌓이고 쌓인 것 말이다. 그래서 높이는 길다. 또 길어서 드물다. 외롭다. 높이는 희박함이다. 그 희박함이 성스러움으로 나타난다. 聖이란 높음이고, 俗은 낮음이다. 높음은 잠재성이기도 하다. 聖은 잠재성이 높아 여러 형상에의 가능성으로 존재하지만, 俗은 잠재성이 낮아 하나의 구체적인 형상 또는 땅처럼 뭉개진 덩어리로 존재한다. [51]

높이의 힘은 시야에 있다. 봐라, 높이 오르면 저 아래 전체는 어느덧 깊이 없는 무늬로 변한다. 아래는 한 겹 그림처럼 아주 얇아진다. 삼차원의 세상이 이차원의 평면으로 단순해진다. 차원이 축소된다. 그 순간 전체 관계도인 인드라망이 한 눈에 보이기 시작한다. 그리하여 보면 그냥 알게 된다. 절로 통찰하게 된다. 세상의 모든 통찰은 그런 차원 축소에 바탕 한다. [52]

서는 것은 해에 좀 더 가까이 다가가기 위함이다. 일종의 주광성이다. 그런 집요함으로 섬은 솟음이라는 수직의 척추를 갖게 된다. 의지 말이다. 그리고 그 궁극의 결과는 높이라는 새로운 차원의 형태 즉 도드라짐의 형상으로 나타나게 된다. 서는 것은 명백한 차원 확대다. 그건 聖化다. [53]

9. 나무는 숨결이다

봄이 되니, 겨우내 식었던 땅이 데워진다. 비쩍 마른 나무에도 영양분 같은 열이 돈다. 땅이 덥다. 땅이 더운 숨을 훅훅 뿜어낸다. 풀이나 꽃, 잎사귀 모양의 푸른 숨 말이다. 숨을 헉헉거리며 나무는 높이 또 높이 오른다. 솟은 숨은 하늘에서 엉겨 붙어 이파리라는 푸른 구름으로 바뀐다. 저 풍성함. 나무가 살찐다. 땅도 살찐다. 봄, 곳곳에서 숨 살이 파랗게 오른다. 세상의 온갖 윤곽들이 그 숨살에 물결무늬로 새겨진다. 봄, 이파리의 바다가 공중에 쫙 펼쳐진다. 성스럽다. … 봄엔 수직 상승, 여름엔 수평 확산, 가을엔 수직 하강, 겨울엔 제자리 멈춤, 이게 땅 숨의 방향이다. [54]

나무는 끊임없이 뿜어댄다. 나무는 숨결이거나 토(吐) 또는 분수다. 나무는 가지, 잎, 꽃, 열매 같은 형상을 뿜어댄다. 또 푸른색, 붉은색, 노란색, 갈색 등의 색깔을 뿜어대기도 한다. 나무는 토다. 토는 안쪽과 바깥세상과의 닿음이므로 일종의 촉(觸)이기도 하다. 삶을 위한 절박한 촉. 나무는 땅의 입언저리쯤에 해당한다. 生神의 입. [55]

땅이 토(吐)한다. 땅은 나무, 꽃, 사람, 새, 뱀 등을 토해낸다. 토를 통해 땅은 자기 밖의 하늘과 비로소 닿는다. 토는 안에서 밖을 향해 내미는 손이다. 악수. 토는 외부와의 접촉이며 소통이다. 땅에서 싹이 움트는 것은 일종의 울렁거림인데, 그 울렁거림은 하늘이 유발하므로, 움틈은 명백한 소통의 징후다. 땅은 하늘이라는 울렁거림을 안고 살면서 주기적으로 토하는 창조신의 모습을 하고 있다. … 神이 토한다. 토는 숨이다. 토는 수직의 숨, 작위의 숨이다. 우린 창조신의 날숨이다. [56]

땅은 솟대가 되어 올라야 하고, 하늘은 비가 되어 내려야 한다. 그게 대류다. 순환이다. 의무다. 땅이 올라가려는 것, 그게 생명이다. 생명은 일종의 反중력 현상이다. 반면 하늘이 내려가 뭉개지려는 것, 그건 죽음이다. 죽음이란 명백한 중력 현상이다. 생명은 거스름이요, 죽음은 순응이다. … 상승은 역행하는 聖化고, 하강은 순행하는 俗化다. [57]

나무는 하늘로 향하는 한 무더기의 푸른 물결이다. 파도다. 숨결이다. 봐라, 저 자리에선 생명이라는 솟음의 힘이 나무라는 푸른 형상으로 일어나, 끊임없이 거대한 파도로 化하고 있다. 거세게 파도치고 있다. 그리하여 저긴 세상에서 제일 느린 파도가 치는 바닷가다. [58]

나무는 땅이 하늘로 파도치는 기슭이다. 경계 말이다. 나무는 무성한 잎사귀로 걸쭉한 푸른 펄의 풍경을 이루는데, 펄이란 이질적인 두 존재의 숨결이 만나는 곳이다. 나무의 펄은 땅이라는 넓이의 가로와 하늘이라는 높이의 세로가 만나 격자 즉 네모를 이루는 공간이다. 온전함을 이루는 공간이다. 호흡. 나무는 네모진 순환이다. [59]

10. 모든 경계는 펄이다

숲은 땅의 구름이다. 숲은 땅에서 피어오른 말랑한 푸른 구름이다. 그리고 펄이다. 갯벌이 땅과 바다의 경계이듯, 또 구름이 하늘과 더 무거운 하늘의 경계이듯, 숲은 땅과 하늘의 경계에서 부드러운 잎사귀로 펼쳐진 푸르디푸른 펄이다. 성소(聖所)다. [60]

펄은 접촉의 증거다. 펄은 두 세계 간에 밀고 당긴 관계의 흔적이다. 펄은 첨예한 경계다. 촉(觸). 가령 날개는 몸과 하늘의 경계에 펼쳐진 우아한 펄이다. 또 그림자는 나와 외계의 경계에 펼쳐진 단아한 펄이다. 그림자는 한편으론 나의 검은 날개이기도 하다. 외날개 말이다. 그림자는 지금 내가 땅 위를 날고 있음을 즉 붕 떠 있음을 조용히 보여 준다. 펄은 오묘한 경계다. [61]

펼은 경계이므로 얇다. 펼은 한 겹의 얇은 평면이다. 가령 호수의 수면은 거대 하늘과 호수 사이의 얇은 경계이므로 펼이다. 그림 또한 저 實 풍경과 내 虛 관념 사이의 경계이므로 역시 펼이다. 그림은 수면과 비슷하다. 그림은 덩어리진 관념을 말로 좍 펴는 혀와도 비슷하다. 얇다, 아주 얇다. 그림이란 얇게 평면化하기인 거다. 그림은 표피化하기 놀이에 다름 아니다. [62]

생명체는 펼이다. 생명체는 하늘과 땅의 경계에 펼쳐진 질퍽한 펼이다. 그 펼은 살과 뼈 그리고 털로 이루어져 있다. 잎과 목질로 이루어져 있기도 하다. 생명체의 질퍽거림은 경계에서의 밀고 당기는 관계에 기인한다. 질퍽거림은 망설임이기도 하다. 땅의 딱딱함과 하늘의 분방함 사이의 망설임이 질퍽거림으로 나타난다. 망설임과 질퍽거림은 말랑함이란 성질을 낳기도 한다. 그 말랑함이 생명의 다양한 형상들을 가능케 한다. [63]

솟아오르기와 기화하기는 모두 경계 되기다. 그것은 땅으로부터 스스로 도드라져 얇은 표피로서의 경계가 되는 것이다. 허공에 찢길 듯한 얇은 한 겹의 막으로 좍 펼쳐지는 것, 그게 생명이다. 생명은 본능이란 자발적 의지로 솟아올라 하늘과 땅 사이의 위태로운 경계가 되는, 일종의 펼이다. 생명은 벽化다. [64]

11. 나무는 공중 호수다

나무는 연못이다. 나무는 이파리라는 걸쭉한 푸른 진흙으로 범벅이 된 연못이다. 우리도 연못이다. 우리는 살이라는 물 진흙으로 범벅이 된 연못이다. 나무도 우리도 그 본질은 물이 고여 이루어진 일종의 물 저장고다. 그리하여 나무나 우리는 모두 땅위에 살짝 뜬 공중 호수다. 물론 극히 불안정하여 곧 비처럼 쏟아져 내리겠지만. [65]

햇빛에 반짝이는 푸른 이파리가 물결 같다. 무성한 나무는 저렇게 한 무더기의 물인 거구나. 여름, 곳곳이 곳곳에서 범람한다. 그리고 홍수, 그리고 바다. 이곳 숲은 바다다. 꽉 찬 幻의 바다다. 여름이면 땅속에서 물이 솟구쳐 올라 산으로 들로 막 넘쳐흐른다. [66]

나무는 왜 이파리라는 젤리 같은 물을 뿜어댈까? 그건, 형상을 이루려면 우선 물질이 흘러야 하고, 물질이 흐르기엔 물이 유리하기 때문이다. 그러나 그냥 물은 너무도 잘 무너져 윤곽을 세울 수 없다. 형상을 이루려면, 젤리 같은 찰기 있는 물이어야 한다. 걸쭉한 물이어야 한다. 그게 바로 이파리다. 보면, 이파리는 아주 느린 대류의 모습을 하고 있다. [67]

이파리에는 경계로서의 윤곽이 있다. 팽팽한 그 윤곽이 뼈처럼 이파리의 형상을 지탱한다. 이는 마치 둘레라는 외부의 뼈를 가진 것과 같다. 이파리라는 걸쭉한 물은 그렇게 윤곽이 서 있는 물을 의미한다. 물의 찰기가 그런 윤곽을 가능케 한다. 즉 찰기 있는 물이란 윤곽이 서는 물이고, 그래서 형상이 되는 물을 의미한다. 그것은 물에 견고한 목질이 배어 있는 것과 같다. 약간의 죽음이 배어 있는 것과 같다. [68]

물은 죽지 않지만 살은 죽는다. 이파리도 죽는다. 썩는다. 왜? 살과 이파리에는 일종의 목질이 배어 있기 때문이다. 목질의 기운은 물을 찰지게 해 다양한 형상을 이루게 하지만, 한편 죽음도 준다. 목질은 생명을 무성하게 하는 이율배반적 죽음이다. [69]

물은 땅 기운과 하늘 기운의 딱 중간이다. 즉 적당히 딱딱하고, 적당히 말랑하다. 물은 적당히 덩어리지고, 적당히 풀어진다. 그래서 물은 형상을 빚는데 유용하다. 물은 神이 고인 물질인 거다. 神의 찰흙 말이다. 물은 하늘과 땅을 끊임없이 돌고 도는데, 이는 神의 호흡 또는 의지에 대한 분명한 증거다. 물은 聖化한 흙이다. … 나무는 붕 뜬 물이고, 물은 聖化한 흙이다. 그래서 나무는 聖化한 흙

이거나, 하늘化한 땅이다. [70]

미풍에 파르르 흔들리는 이파리가 물결 같다. 일렁이는 저 수면. 햇빛에 반짝이는 여름 나무가 작은 호수처럼 보인다. 나무란 땅 위에 떠 있는 공중의 호수로구나. 그리하여 다시 보니, 숲은 거대한 공중 호수요, 밀림은 공중의 바다, 또 줄지어 늘어선 가로수는 공중의 강이로다. [71]

바람은 혀다. 바람이 호수를 핥는다. 닿는다. 물결은 혀의 촉(觸)이 만드는 예민한 형상이다. 수면의 한 겹 표피란 그런 일렁이는 촉에 다름 아니다. 그리하여 물결은 풍화와 본질적으로 같다. 물결이란 바람의 미각이면서 촉각이다. [72]

12. 순환은 유한이 무한에 대응하는 방법이다

대류는 물질이 하는 말이다. 대류는 여기와 저기의 대화 즉 물질 사이의 관계다. 촉(觸)이다. 그리하여 대류하면 다 닿는다. 위로 닿고, 아래로 닿는다. 원을 그리며 닿는다. 온 존재로 닿는다. 말하듯 닿는다. 들리듯 닿는다. 대류는 끊임없이 흐르며 주위와 마구 닿는다. 그래서 대류는 혀처럼 말랑하고 촉촉하다. 대류는 습(濕)이다. 대류는 非목질이다. [73]

대류하면 땅-덩어리의 표면적이 넓어진다. 대류하면 땅은 솟아올라 접촉면이 늘어난다. 대류하면 땅-덩어리는 아주 얇고 매우 넓게 허공으로 펴진다. 대류하면 땅은 옷자락처럼 펄럭이며 하늘의 끝자락 즉 경계가 된다. 땅은 하늘에 펼쳐진 한 겹 표피가 된다. '生' 무늬. 대류란 표피化하기다. 대류는 그래서 시간을 꼭 닮았다. [74]

돈다. 물질이 돈다. 물질로 돈다. 높은 대류는 공기로 돌고, 낮은 대류는 물로 돈다. 그리하여 가벼운 것은 높게 돌고, 무거운 것은 낮게 돈다. 큰 원과 작은 원, 높은 원과 낮은 원, 잘도 돈다. 세상은 원 천지다. 근데 왜 돌까? 도는 건 시간에 대응하는 세상의 절박한 본능이기에. 그래서 돈다. 그래서 우린 이렇게 있다. 有. 만약 돌지 않는다면 우린 진작에 없을 거다. [75]

세상은 돈다. 흙으로 돌고, 물로 돌며, 공기로도 돈다. 도는 것은 끊임없는 움직임이므로, 도는 한 그것은 말랑하다. 도는 한 그것은 습(濕)하다. 강 같다. 세상은 촉촉한 강처럼 흐른다. 그 강은 곳곳에 붕어, 가물치, 자라, 물새, 나무, 사람 같은 형상을 만들며 흐른다. 형상이란 강의 유장한 흐름이 잠시 꼬인 결과다. 형상은 강 주변에 일시적으로 고인 작은 물웅덩이와 같다. 물론 그 형상은 곧 풀어질 일시적 매듭이지만. 세상은 흐른다. 강은 시간이다. [76]

순환하지 않으면 곧 고갈된다. 끝장난다. 그리고 없다. 순환은 무한의 시간을 견디는 가장 좋은 방법이다. 순환은 일회성의 반복을 지속하며 견고한 영원에 이른다. 생명체란 그런 순환자의 일종이다. 생명체는 순환이라는 긴 선에 휘발성의 매듭들을 남기며 영원히 돈다. 즉 자잘한 생멸을 거듭하며 영원해진다. [77]

순환하면 주변과 닿는 면적은 늘어만 간다. 돌수록 접촉면은 계속 넓어진다. 순환은 닿음 즉 촉(觸)을 유발하는 한 방법이다. 순환은 끊임없이 산 관계를 만들어 간다. 순환은 무수한 손을 주변에 내미는 천수관음의 모습이다. 봐라, 닿으니, 다 살지 않는가. [78]

떠올라야 구분된다. 일단 떠올라야 땅으로부터 분리되어 스스로의 형상으로 오뚝 선다. 떠오름은 생명이라는 긴 과정의 시발점이다. 즉 떠오름은 생명의 원초 본능이다. 떠오름은 그렇게 스스로를 톡 수제비 뜨는 것과 같다. 생명이란 그렇게 땅으로부터 스스로 멍울지는 것이다. [79]

원은 무한이다. 순환이다. 끊임없이 돈다. 순환은 유한이 무한에 대응하는 가장 효과적인 방법이다. 순환은 원처럼 복제를 바탕으로 무한에 이른다. 돈다. 원은 영원이다. 돈다. 원은 神이다. [80]

13. 시간은 뭐든 편다

얕은 개울처럼 시간은 모두 표면이다. 표피다. 시간은 안이 없이 전부 밖이다. 시간은 온몸으로 주변과 닿으며 흐른다. 시간은 뱀처럼 온통 촉(觸)이다. 그렇게 모든 것과 닿으며, 시간은 완전히 표피화한다. 나무는 그런 시간을 닮아 하늘과 땅의 구석구석 뭉친 곳을 쫙 펴며, 모든 것을 푸르게 붉게 표피화한다. 나무와 시간은 서로 쌍(双)이다. 나무는 시간의 시각화다. [81]

시간은 차례차례 줄을 세운다. 그래서 시간은 앞이 있고 뒤가 있는 거다. 시간은 일렬로 늘어선 긴 줄을 만든다. 그래서 시간은 뱀이나 나뭇가지를 닮아 있다. 시간도 뱀처럼 바닥을 박박 기며 온몸으로 주변과 닿는다. 시간도 뱀처럼 촉(觸)의 화신이다. 시간은 여기저기 막 닿으며 주변을 막 편다. 시간은 구겨진 공간을 한 줄로 쫙 펴는 표피化의 과정이다. [82]

시간이 흐른다. 시간은 앞으로 實이 되고 뒤로는 虛가 되며 흐른다. 즉 앞으론 길이고 뒤론 벼랑이다. 시간은 앞으로 존재를 세우고 뒤론 허물며 흐른다. 똑딱똑딱, 實虛實虛, 재깍재깍. 끊임없는 實과 虛의 교대 또는 전부(全部)와 전무(全無)의 교대, 그게 시간의 정체다. [83]

시간은 말(言)을 닮았다. 말이 우리 안의 관념 덩어리를 논리라는 선으로 풀어내듯, 시간도 물질 덩어리를 생명이라는 과정으로 풀어낸다. 즉 삶이라는 순서로 풀어낸다. 그리하여 시간은 대상을 죽부인처럼 뭉친 곳 없이 전체가 표피인 어떤 것으로 바꾼다. 선의 망(網). 시간이란 속이 없이 온통 밖인 무엇이다. [84]

공간은 덩어리로 뭉뚱그려지려 한다. 그냥 그렇다. 시간은 그런 공간을 얇게 펴려 한다. 절로 그렇다. 공간과 시간은 상호 보완적이다. 한쪽은 접고 한쪽은 편다. 쌍(双)이다. 그 쌍이 어우러진 형상이 바로 우리다. 우리의 형체는 공간이라는 덩어리에서 나오고, 삶은 시간이라는 과정에서 나온다. [85]

14. 혀와 말, 그리고 목질

이파리는 땅의 혓바닥이다. 그 혀는 허공을 핥고 빛을 핥는다. 땅은 이파리로 하늘을 파랗게 핥는다. 닿음. 촉(觸). 관계. 바람이 불면, 핥는 이파리는 말하는 혀가 되기도 한다. 윙윙거리며, 하늘로 땅의 간절한 뜻이 퍼진다. 이파리는 푸른 물결처럼 한없이 하늘로 퍼져만 간다. 의미도 퍼진다. 그 순간, 나무는 로고스다. 푸른 神. [86]

인간에게 정글의 이파리는 말하는 혀가 아닌 그냥 이파리다. 크고 얇고 파란 물체 말이다. 도시의 이파리만이 말하는 혀다. 도시의 이파리는 인간에게 늘 휴식과 여유 그리고 느림을 말한다. 동물은 들을 수 없다. 인간만이 들을 수 있다. 상징의 말이기 때문이다. 마천루 또한 말하는 혀다. 마천루는 인간에게 황금과 효율성 그리고 욕망을 말한다. 그 말도 인간만이 들을 수 있다. 그건 머리로만 들을 수 있는 은유의 말이다. 우리의 관념 속에서 마천루는 도시의 혀, 자본의 혀로 쉬 날름거린다. 그 혀는 오직 인간만을 핥는다. [87]

언어는 목질을 만드는 것이다. 언어는 죽은 단어들을 쌓아 견고한 무엇을 구축해 가는 것이다. 언어는 정신을 탄탄하게 목질化한다. 특히 글이 말보다 훨씬 더 목질에 가깝다. 언어는 풀처럼 쉬 시들어버릴 사유를 나무처럼 체계적인 무엇으로 구조화한다. 언어는 그렇게 거대한 관념의 숲을 축조해 간다. [88]

나무는 목질이고, 풀은 혀다. 목질의 대척점에 혀가 있다. 목질은 굳음이고, 혀는 말랑함이다. 목질은 건(乾)이고, 혀는 습(濕)이다. 목질은 죽음이고, 혀는 삶이다. 목질과 혀는 음양처럼 양극에서 서로를 보완하며 세상 전체의 균형을 잡아 간다. 쌍(双)의 조화. 하나만으로는 무너진다. 목질은 세상의 뼈고, 혀는 형상의 살이다. [89]

15. 자연은 덩어리지고, 문명은 편다

말하면 풀어지지만, 닿으면 덩어리진다. 말은 선(線)이고, 닿음은 원(圓)이다. 사람은 말을 우선하기에 논리라는 선으로 길게 풀어진다. 하여 사람은 덩어리지지 않고 얇고 길게 표피化한다. 반면 자연은 닿음이 우선이다. 즉 행동이 우선이다. 자연은 닿고 닿으며 어떻게든 크고 둥글게 덩어리지려 한다. … 행동은 덩어리化요, 말은 표피化다. 행동은 뭉개진 俗이요, 말은 펴진 聖이다. [90]

정글을 말로 풀어낸다면 그것은 더 이상 정글이 아니다. 그것은 길고 얇게 표피化한 문명인 것이다. 정글은 엉킨 덩어리여야만 한다. 반면 문명은 말로 세세하게 풀어진 어떤 것으로, 긴 선을 닮아 있다. 정글이 뭉뚱그려진 무의식의 그림자라면, 문명은 얇게 펴진 의식의 빛이다. … 정글은 俗이요, 문명은 聖이다. [91]

문명은 끊임없이 말하고 사람은 듣는다. 걸으면 마천루의 말, 도로의 말, 지하철의 말, 상점의 말이 계속 들린다. 어쩌고저쩌고 속닥속닥, 아주 길다. 그 말들은 뭉친 덩어리가 아니라 길게 풀어진 선(線)의 모양을 하고 있다. 또 너무도 길어, 그 스스로 논리를 이루며, 정연하게 사유의 영역에까지 닿는다. 그래서 동물들은 듣지 못

하고 오직 인간만이 들을 수 있다. 대체로 인간은 사유라는 선의 접촉에 능하고, 동물은 행위라는 덩어리의 접촉에 능하다. 즉 인간은 접촉 면적이 늘어나야만 인간답게 강해진다. 긴 논리란 그런 접촉면 늘리기에 다름 아니다. [92]

말은 나누는 것이다. 말은 덩어리로서의 대상을 잘게 쪼갠 후, 그 조각들을 순서대로 나열한다. 수순, 그걸 우린 논리라 한다. 쪼개고 나열하며, 말은 대상의 표면적을 가능한 넓힌다. 그래야 접촉면이 넓어져 인식도 풍부해진다. 그리고 알게 된다. 반면 짐승은 대상을 말이 아닌 덩어리 그 자체로 받아들인다. 짐승의 앎은 통짜로 뭉뚱그려져 있다. 짐승은 어떤 해석도 하지 않고 대상 전체를 그냥 온몸으로 흡수해 버린다. 직관. 본능. 그렇게 안다. [93]

말은 끊임없이 머릿속 관념을 표피化한다. 말은 관념이란 뭉뚱그려진 덩어리를 길고 넓고 얇게 편다. 밀대로 밀가루 반죽을 밀어낸 듯 말은 아주 평평하다. 또 얇다. 저 희희낙락한 청각의 무늬. 말은 무늬진 이차원의 표면이다. 그림 같다. 수(繡) 같다. 말은 평면의 형상들로 가득 찬 그림이다. 관념의 그림이다. [94]

도시의 곳곳엔 혀와 말이 있다. 도시는 최신의 말로 끊임없이 속삭인다. 가령 횡단보도의 '건너시오', 제한 속도 '60km/h', 빨간불의 '멈추시오' 등. 그런 말은 오직 인간만이 들을 수 있다. 정글의 곳곳에도 혀와 말이 있다. 정글은 원시의 말로 속삭인다. 그것은 인간이 아닌 다른 생물들만 들을 수 있다. 과거에는 인간도 들을 수 있었지만 지금은 들을 수 없는 말들. 해독할 수 없는 말들. 가령 방울뱀의 딸랑거리는 소리, 무당거미의 거미줄 흔들기, 독화살개구리의 화려한 색깔 등. 위험의 말. 경계의 말. 덩어리진 말. 그건 인간에겐 고대의 언어요, 잃어버린 언어다. [95]

16. 혀와 뱀과 불의 관계

이목구비는 모두 촉(觸)이다. 이목구비는 덩어리진 실제 대상을 감각이라는 관념의 선으로 길게 풀어낸다. 뱀처럼. 하여 이목구비를 통하면 나와 대상 사이의 접촉면은 늘어만 간다. 나는 끊임없이 닿는다. 그리고 안다. 이목구비는 나의 최전방 경계다. 언어 또한 그렇다. 즉 말이나 글도 일종의 확장된 이목구비로 역시 관념에의 촉을 유발한다. 언어는 관념의 뱀이다. [96]

뱀은 허공을 핥으며 냄새를 맡는다. 뱀의 혀는 코다. 뱀은 온몸으로 땅에 닿고, 온 혀로 하늘에 닿는다. 온통 촉각, 미각, 후각인 거다. 뱀은 촉(觸)의 화신이다. 나무도 그렇다. 나무 또한 뱀처럼 온 존재로 주변과 닿는 촉의 화신이다. 나무란 예민하게 꿈틀대는 한 뭉치의 성스러운 뱀이다. 나무는 닿아 싹 트고 닿아 잎 피고 닿아 꽃 피는 뱀이다. [97]

혀는 속이 없다. 망(網)처럼 오직 표피만 있다. 그래서 혀는 뱀처럼 온몸으로 촉(觸)이다. 혀가 이루는 말은 얇은 한 겹의 수면처럼 널리 멀리 파동 친다. 두루두루 닿는다. 그리곤 환상처럼 쉬 사라진다. 없음. 無. 말하면, 휘발성의 혀는 견고한 목질의 대척점에 있다. 혀는 虛요, 목질은 實이다. [98]

뱀은 온몸으로 촉(觸)이다. 다 닿으므로 뱀은 표피의 화신이다. 그래서 뱀은 수면 같다. 뱀은 수면 위의 파동 같다. 뱀은 얇은 표피 위를 파동처럼 움직인다. 그리하여 표피란 수면 위를 꿈틀대는 뱀의 이미지다. 저 뱀 물결, 동심원, 卍. [99]

혀는 불이다. 혀는 나불대는 모양으로도 불이고, 소리로 번지는 영향으로도 불이다. 혀를 본다. 덴다. 본다. 닿는다. 불이란 세상에서 가장 강렬한 접촉이다. 그래서 불은 극적인 변화를 일으킨다. 불은 닿는 모든 존재를 맑게 정화시킨다. 불은 세례다. 성스러움이다. 불은 종교다. 그리하여 혀는 뽈이다. 종교는 혀다. [100]

호수의 아래는 뭉그러진 촉(觸)이고, 표면은 얇게 펴진 촉이다. 호수의 아래는 손톱처럼 둔감한 무의식이고, 표면은 손끝처럼 예민한 의식이다. 호수의 표면은 야리야리한 혀의 촉을 닮았다. 그 혀는 늘 하늘과 닿으며 바람을 맛본다. 그래서 깨어 있다. 일렁임으로 깨어 있다. 그 혀는 무엇도 덩어리 짓지 않고 무엇이든 스크린처럼 얇게 편다. 혀는 붓촉의 뽈이다. [101]

17. 우리는 공중에 떠 있다

봐라, 우리는 공중에 떠 있다. 그래서 사통팔달 온몸으로 닿는다. 닿고 닿으며 우리는 온통 예민해진다. 핥듯, 핥듯. 생명이란 온몸으로 혀다. 하여 바람만 스쳐도 이리 간지러운 거다. 그 간지러운 예민함이 뽈이다. 우리 모두는 공중에 붕 뜬 간지러운 뽈의 존재다. [102]

공중에 떠 있는 존재들, 근거 없는 존재들, 그게 우리다. 나무는 뿌리라는 근거를 땅 속 깊이 박아두고 살아가지만, 우리는 땅 위에 그냥 떠 있을 뿐이다. 낮게, 아주 낮게 떠 있을 뿐이다. 휘청. 위태. 우리는 왜소한 하체와 비대한 상체를 가진 역삼각형의 존재다. 작은 몸과 큰 정신 말이다. 그래서 불안정하다. 우린 자꾸, 자꾸만 넘어진다. 넘어져 땅과 하나가 되려 한다, 俗化. [103]

나무는 두 개의 삼각형이 꼭짓점을 맞댄 꼴이다. 나무의 하부는 땅에 뿌리를 내린 정삼각형의 꼴이고, 나무의 상부는 공중에 떠 있는 역삼각형의 꼴이다. 나무는 땅에선 안정하지만, 하늘에선 불안정하다. 그래서 나무는 중간에서 뚝 부러지기 쉽다. 반면 우리는 하나의 역삼각형 꼴이다. 과잉 관념의 꼴이다. 나무는 센 바람이 불어도 꺾일지언정 통째로 넘어지진 않지만, 역삼각형 꼴의 우리는 통째로 넘어지기 쉽다. 우린 불안정한 존재다. 늘 위태롭다. [104]

걷는 것은 나는 거다. 걸으면 매 순간 비행과 착지를 반복한다. 나는 것도 사실은 보폭이 큰 걸음일 뿐이다. 봐라, 걷거나 날면 공간엔 반원의 우아한 동선이 쭉쭉 그어진다. 저 날렵한 곡선 그리고 자유! 저 투명한 무지개, 聖. 저건 뿌리 없음의 명백한 증거다. 걸음이란 불안정의 美다. … 俗이 가만히 고여 있는 안정이라면, 聖은 분주하게 움직이는 불안정이다. 그 불안정이 또 위태로움이 세상 모든 무늬의 근원이 된다. [105]

죽음이란 평생 떠 있던 불안한 몸이 땅으로 되돌아가는 것이다. 돌아가 땅에 뿌리내리는 것이다. 죽음은 떴던 몸이 땅과 한 덩어리가 돼 비로소 안정화하는 것이다. 땅이라는 어둠이 되는 것이다. 그리하여 그림자가 되는 것이다. 검음 말이다. 삶은 하늘-빛이요, 죽음은 땅-그림자다. [106]

18. 상승의 끝엔 새의 형상이, 하강의 끝엔 뱀의 형상이 있다

움직임이란 무엇일까? 우리가 움직일 수 있는 것은 몸이 공중에 살짝 떠 있기 때문이다. 발이 땅에 박혀 있다면 우리는 움직일 수 없다. 모든 움직임은 사실 나는 거다. 낮게 아주 낮게 나는 거다. 동선이란 그런 비행의 궤적에 다름 아니다. 봐라, 발은 날개의 변형태다. [107]

새를 보라. 높은 것은 빠르다. 역으로 빠른 것은 높은 거다. 가령 문명은 새처럼 빠르므로 높은 거다. 문명은 가로의 빠름이 세로의 높음을 끊임없이 자극한다. 그리하여 문명은 온갖 형상으로 세분화하며 대나무 숲처럼 높이높이 솟아오른다. 문명은 빨라서 높고, 높아

서 빠르다. 대저 사물은 속도가 느려질수록 땅에 달라붙어 낮게 덩어리지고, 속도가 빨라질수록 세세히 구분되며 높게 펴지더라. … 덩어리짐은 俗化요, 펴짐은 聖化다. [108]

우리는 땅속이 아닌 땅 위를 산다. 우리는 허공을 휘저으며 허공을 파고들어 사는 존재다. 우리는 끊임없이 허공에 굴을 판다. 그래서 우리는 누구나 붕 떠 있다. 발이란 사실 작은 날개인 것이다. 그리하여 걸을 때마다 우리는 땅 위를 새끼 새처럼 폴짝폴짝 난다. 총총, 헛굴을 파며. [109]

새와 뱀을 보라. 부푼 깃털과 오그라든 비늘. 활짝 열린 날개와 꽉 닫힌 몸통. 형상이란 위로 올라갈수록 복잡해지고, 아래로 내려갈수록 단순해진다. 아래로 갈수록 형태의 차원은 점차 축소되어, 결국 팔다리 없이 덩어리지고 마는데, 그 궁극이 매끈한 뱀이다. 그런 뱀의 대척점엔 하늘을 긋는 꺼끌꺼끌한 새가 있다. [110]

새는 땅의 비산이다. 상승이다. 기화다. 새는 상승한 흙이 공중에서 엉켜 붙어 만들어진 것이다. 새는 바람과도 엉켜 세밀한 무늬를 갖추는데, 그게 聖이다. 뱀은 俗이다. 뱀은 기화한 흙이 비처럼 내려와 땅에서 응결돼 만들어진 것이다. 하강이다. 뱀은 뭉개진 단순성이다. 이렇듯 세계는 오르고 내린다. 그 상승의 끝엔 새의 형상이, 하강의 끝엔 뱀의 형상이 있다. [111]

우리는 하늘과 땅의 경계 부근에 다닥다닥 모여 산다. 그 경계의 땅 쪽 끝엔 뱀을 닮은 동굴이, 하늘 쪽 끝엔 새를 닮은 숲이 경계석처럼 서 있다. 그 너머는 다 황무지다. 그 좁은 경계를 사이에 두고, 하늘과 땅이 서로 겨루듯 밀고 밀린다. 뱀과 새의 쟁투. 동굴은 땅속에 침투한 하늘이고, 숲은 하늘에 침투한 땅이다. … 聖과 俗은 경계의 영역에서만 존재한다. 일방의 영역에서는 聖도 俗도 없다. 아예 구분 자체가 없다. [112]

19. 우리는 들뜬 상태로 삶을 표류한다

우리는 살짝 공중에 뜬 채로 대류 중이다. 우리의 동선은 땅 위를 이리저리 맴도는 횡(橫) 대류의 모양이다. 우리는 들뜬 상태로 삶을 표류한다. 고양된 물질, 그것이 우리라는 생명 현상의 본질이다. 생명은 땅으로부터의 우연한 떠오름에 다름 아니다. 우린 잠시 부유하는 나그네일 뿐이다. [113]

우리는 공중에 떠 있다. 불안정하다. 우린 헛된 幻일 뿐이다. 전혀 견고하지 않은 존재, 우리는 非물질이다. 우리는 불안정하기에 과정으로 풀어지기 쉽고, 그래서 시간과도 잘 엮인다. 즉 잘 흐른다. 우리는 늘 덧없는 과정 중에 있다. 그래서 우리는 나무처럼 오래 축적되지 못하고 풀처럼 쉬 흩어지는 것이다. 우린, 허공의 꽃처럼 짧다. 소멸, 俗化 [114]

우리는 풀처럼 쉬 사라지지만, 번식을 통해 후세로 쭉 이어지기도 한다. 우리는 죽고 살고 또 죽고 사는 긴 과정으로 끊어질 듯 계속 이어진다. 아이를 통한 유사 영생. 그게 물질化다. 우리는 긴 호흡으로 나무처럼 구조화하고 있는 중이다. 단단한 나무되기, 그건 족보다. 聖化다. [115]

견고하면 시간도 없다. 無처럼 그냥 영원이다. 無는 가장 견고하다. 有는 깨짐이다. 깨져야 또 마구 휘둘려야 그래서 과정으로 풀어져야 비로소 시간이 나온다. 모든 생명은 그런 휘둘림에 다름 아니다. 바람처럼 이리저리 흔들리는 것, 펄럭이는 것, 생명이란 불안스레 공중에 떠 있음이다. 생명은 시간 그 자체다. … 이 모두를 우리는 그냥 '깃발'이라 한다. [116]

20. 이파리는 하늘 흙이다

이파리는 땅이 뿜어낸 공중의 흙이다. 둥근 알갱이의 납작한 푸른 흙 말이다. 공중의 흙이라서 저리 푸르구나. 하늘이 물들어 푸르구나. 나무는 탱탱한 가지를 뿌리처럼 공중의 흙에 푹 담그고 있다. 즉 나무는 물구나무선 듯 허공에 단단히 뿌리 내리고 있다. 거꾸로 자라는 기이한 세계. 그런 공중의 흙을 토굴처럼 파고 원숭이나 새, 뱀 등이 하늘 두더지처럼 살아간다. [117]

나무는 푸른 분수다. 나무는 단단하게 덩어리진 검은 땅을 잘게 쪼개, 야들야들한 이파리의 형태로 공중에 뿌린다. 저, 푸른 흩어짐. 웃듯. 파랗다. 땅 흙이 이파리라는 하늘 흙으로 변하고 있구나. 허공에 땅이 구축되고 있구나. 여름이면 나무는 땅의 경계를 하늘 쪽으로 한껏 밀어 올린다. [118]

땅은 여름엔 기화하여 팽창하지만, 겨울엔 응결하여 수축한다. 밀물과 썰물 같다. 여름이면 하늘 흙은 나무를 타고 올라 공중을 가득 채우지만, 겨울이면 우수수 떨어져 땅으로 되돌아간다. 그리고 공중엔 어떤 형상도 어떤 생명도 없다. 이파리라는 습한 흙이 사라진 그 빈 공간을 건조한 하늘이 가득 채운다. 봐라, 겨울엔 하늘은 커지고 땅은 작아진다. [119]

나무는 두 개의 뿌리를 갖는다. 땅을 파고드는 땅 뿌리와 하늘을 파고드는 하늘 뿌리. 탄력 있는 팔 같은 저 가지가 하늘 뿌리이며, 그 가지를 덮고 있는 수북한 이파리가 하늘 흙이다. 하늘 뿌리는 하늘을 아래로 끌어당기며 파란 하늘을 양껏 흡입한다. 땅 뿌리 또한 땅을 위로 끌어당기며 검은 땅을 한껏 흡입한다. 그렇게 위아래로 빨아들이며, 나무는 하늘과 땅 두 세계를 바짝 이어 붙인다. 나무는 두 공간 사이의 강력 접착제다. … 나무란 경계의 존재자로, 그 상부는 밝은 聖을, 하부는 어두운 俗을 이룬다. [120]

무성한 이파리의 나무는 하늘에 떠 있는 질척이는 펄 같다. 흙과 물과 푸름이 뒤섞인 말랑말랑한 공간. 진한 땡볕 속을 저 나무는 푸른 진흙이나 펄로 존재하고 있다. 그런 공중의 푸른 펄 속으로 원숭이나 새, 뱀 등이 살기 위해 풍덩풍덩 빠진다. 그리고 농게처럼 낙지처럼 굴을 파고 산다. 공중의 푸른 굴. 천굴(天窟). 하하 호호. 여긴, 풍요의 갯벌이다. [121]

21. 풀은 俗人이고, 나무는 聖人이다

땡볕을 걷는 수도승. 걷고, 덥고, 걷는다. 그는 어지러운 俗의 마음이다. 붉고, 덥고, 지친다. 저편 무성한 나무 한 그루. 푸름을 향해 그는 걷는다. 울창한 나무, 검푸른 그늘, 시원한 바람. 앉는다. 생각한다. 나무는 무얼까, 나는 무얼까, 나무는 왜일까, 나는 왜일까. 그런 푸른 생각을 하고 있으면, 여기는 어느덧 무지갯빛 절이 된다. 성소(聖所)가 된다. 한참을 또 한참을 그렇게 머물다 일어난다. 그리고 떠난다. 떠나는 그의 등이 한껏 푸르다. 聖. 그는 충만한 존재가 되어 다시 걷는다. [122]

풀은 재능이 넘친다. 그래서 짧은 시간 만에 빈 공간을 꽉 채운다. 휘몰아친다. 빠르다. 무성하다. 풀은 미래를 위한 잠재성으로 남지 않고, 지금 모든 것을 다 발현해 버린다. 다 써 버린다. 풀은 현재만을 사는 존재다. 하지만 풀은 호흡이 짧아 쉬 지친다. 풀은 겨울을 못 넘긴다. 반면 나무는 둔재다. 나무는 더디게 자라고, 느리게 견딘다. 나무는 겨울을 인내하는 긴 호흡이다. 나무는 가능성으로 존재하며, 늘 현재가 아닌 미래다. 나무는 구도자와 같다. 나무는 예정된 큰 자람이다. [123]

나무는 갈색의 죽음을 두르고 있다. 갑옷 같은 수피(樹皮), 목질 말이다. 나무는 어둡고 단단한 죽음을 휘감고 산다. 그래서 나무는 무엇이든 잘 견딘다. 잘 버틴다. 나무는 그렇게 죽음으로 산다. 반면 풀은 죽음으로 죽는다. 풀은 견딤이 없어 목질도 없다. 풀은 오직 현재만을 말랑하게 산다. 그리하여 환하다. 목질은 대체로 어두운데, 풀은 그런 목질이 없어 밝고 푸르다. 목질이 죽음이라면, 풀은 삶이다. [124]

겨울은 뜸 들이기다. 뜸 들이는 동안엔 누구나 잠시 죽는다. 뜸은 여백이다. 목질은 그런 뜸의 결과다. 나무는 겨울 동안 뜸 들이며, 말랑한 몸을 굳게 목질化한다. 그렇게 잠시 죽으면 즉 뜸 들이면, 어떤 존재든 올차게 거듭난다. 야들야들한 풀조차도 옹골찬 나무로 다시 태어나게 된다. 그리고 시간을 잘 견디게 된다. 예술가처럼. [125]

속인(俗人)은 목질 없이 전체로 말랑한 자인 반면, 예술가는 여러 관념의 무늬로 딱딱하게 목질化한 자다. 예술가는 겨울나무다. 즉 온몸이 뼈다. 예술가는 개념이나 이데올로기, 이론 같은 정신의 굳은 껍데기를 남기며 끊임없이 죽고 살고 죽는다. 그러는 동안 그의 내부에는 많은 견고한 무늬들이 축적된다. 두텁게 쌓인다. 그게 목질이다. 예술가는 죽고 죽어 어떤 단단한 형상으로 남지만, 속인은 살고 살아 오직 휘발될 뿐이다. [126]

겨울나무가 진짜 나무다. 그것은 오랜 축적의 형상을 그대로 자신의 몸에 드러내기 때문이다. 겨울나무는 걷고 걷는 길의 모습을 하고 있으며, 견고한 實 그 자체다. 목질이다. 반면 이파리로 뒤덮인 여름 나무는 한껏 부풀어 오른 虛의 모습을 하고 있다. 풍선? 그것은 철따라 확 무성해지고 확 시든다. 또 쉬 사라진다. 축제, 놀이, 만끽, 그리고 환(幻). 여름 나무는 차라리 커다란 풀에 가깝다. 여름 나무가 들뜬 축제자라면, 겨울나무는 단단한 나그네다. [127]

22. 머무는 자는 俗人이고, 걷는 자는 聖人이다

걷는다. 발이 땅에 닿는다. 걷는다. 땅이 찰싹찰싹 닿는다. 붙는다. 찰기다. 땅의 찰기다. 걷는다. 걸음은 관계다. 찰기는 관계다. 나와 땅 사이의 관계다. 땅의 찰기를 느끼지 못한다면, 그는 속인(俗人)이다. 느낀다면, 성인(聖人)이다. 걷는다. 찰기가 끊임없이 그의 마음에 무늬를 새긴다. 의미를 새긴다. 나는 땅이다, 나는 땅이다. [128]

속인(俗人)은 육신을 돌리고, 예술가는 정신을 돌린다. 속인은 수소나 탄소 같은 물질의 대류자고, 예술가는 네모나 세모 같은 무늬의 대류자다. 그리하여 속인은 원(圓)을 살아가고, 예술가는 원을 사유한다. 얼굴은 참 묘하다. 원을 닮은 얼굴은 육신과 정신의 딱 경계다. 얼굴은 육신이지만 명멸하는 여러 표정들로 인해 정신이기도 하다. 그래서 표정의 수 즉 얼굴의 수는 정신의 크기를 나타낸다. 속인은 하나뿐인 얼굴의 존재자지만, 예술가는 경극처럼 현란한 가면을 끊임없이 바꿔 쓰는 무수한 얼굴의 존재자다. [129]

걷는 자는 과정인 자요 풀어지는 자다. 그래서 길이다. 그는 예술가다. 예술가는 시간을 탄다. 머무는 자는 만끽하는 자요 뭉뚱그려지는 자다. 그래서 터다. 그는 속인(俗人)이다. 속인은 공간을 움켜쥔다. 걷는 자는 하늘을 지향하며 정신이 되고, 머무는 자는 땅을 지향하며 육신이 된다. [130]

걸으면 주변의 온갖 경계들이 꿈틀거린다. 걸으면 세상이 쩍쩍 갈라진다. 그는 균열자다. 계속 걸으면 갈라진 세계가 마구 솟기 시작한다. 걸으면 그의 주위로 나무와 풀, 사람, 기린, 마천루 등이 우뚝우뚝 선다. 그는 기화자다 또 대류자다. 그는, 높이라는 등뼈를 만들어 내는 수직의 반고다. 聖人. [131]

머무는 자는 흙의 기운이 강하고, 걷는 자는 공기의 기운이 강하다.

머무는 자는 땅에 가까워 착 안정되고, 걷는 자는 하늘에 있는 듯 들썩들썩 위태롭다. 머무는 자는 뿌리 같은 뱀의 형상이고, 걷는 자는 이파리 같은 새의 형상이다. 머무는 자는 뭉개진 俗이 되고, 걷는 자는 무늬 진 聖이 된다. [132]

나무의 뿌리는 땅을 닮은 속인(俗人)의 형상이고, 가지와 이파리는 하늘을 닮은 예술가의 형상이다. 속인은 표현이 빈약해 뿌리처럼 두텁게 뭉뚱그려지고, 예술가는 표현이 풍성해 잎사귀처럼 크고 얇게 펴진다. 속인이 안으로 뭉쳐진 덩어리의 존재라면, 예술가는 밖으로 펼쳐진 표피의 존재다. 하여 속인이 견실한 알맹이라면, 예술가는 화려한 빈껍데기다. [133]

머물면 뭉뚱그려지고, 걸으면 펴진다. … 뭉뚱그려짐의 궁극은 땅이고, 펴짐의 궁극은 하늘이다. 하늘과 땅은 모두 덩어리지만, 생성의 과정은 너무도 다르다. 땅은 뭉뚱그려지고 뭉뚱그려져 만들어진 덩어리 즉 고체이고, 하늘은 펴지고 펴져 만들어진 덩어리 즉 기체다. 기체란 온통 표피다. 보자기다. 땅이 바위의 육(肉)이라면, 하늘은 깃발의 영(靈)이다. 땅이 검음의 俗이라면, 하늘은 푸름의 聖이다. [134]

23. 스미는 것들에 대하여

바다가 하늘로 번진 게 구름이고, 땅이 하늘로 번진 게 나무다. 나무와 구름은 닮았다. 나무도 구름도 주변을 파괴하지 않는다. 오직 스며들 뿐이다. 식물성이다. 동물의 생존은 파괴에 기초하지만, 식물의 생존은 번짐에 기초한다. 동물은 충돌하고 파괴하지만, 식물은 오직 스며들 뿐이다. 그래서 동물은 짧고 강렬하지만, 식물은 길고 밋밋하다. 그리고 크다. 봐라, 세상의 식물성은 다 나무와 구름의 형태를 하고 있다. … 식물성은 聖性이다, 神性이다. [135]

꽃은 한 점 번짐이다. 꽃은 피는 게 아니라 번지는 거다. 한지에 먹물이 배듯, 꽃은 스민다. 가령 개양귀비의 붉음과 자태는 주위로 향기처럼 번지고 또 속삭임처럼 스민다. 꽃은 댕댕거리는 종소리처럼 경계 없이 널리 번진다. 그리고 주위에 두루 영향을 미친다. 물결이 퍼지듯, 두루, 두루. 다 닿는다. 촉(觸)이다. 번지는 것은 촉이다. 파동처럼 촉이다. 다시, 꽃을 본다. 응시는 촉이다. 꽃은 촉이다. [136]

모든 응시는 스민다. 그리고 자란다. 저편을 보면, 내 눈으로부터 시선의 나무가 저기를 향해 스미듯 뻗어 가, 한 그루의 푸른 무성함으로 자라난다. 내 응시는 누운 '가로' 나무다. 반면 땅의 응시는 곧추선 '세로' 나무다. 땅 또한 눈을 떠 하늘을 보는데, 그 응시의 선이 바로 저 느티나무다. 느티나무는 허공을 사유하며 하늘로 스르르 스며든다. 그리고 자란다. 봐라, 나무의 모든 줄기가 응시의 선이다. 그 응시의 선을 따라 이파리라는 새로운 눈들이 또 열린다. 그 눈은 또 태양을 응시한다. [137]

나무는 스민다. 나무는 그 본질이 쇠가 아닌 물이므로 잘 스민다. 나무는 온 주위로 스며들어 주변과 착착 엮인다. 나무는 사통팔달 관계의 화신이다. 그 증거가 뱀처럼 구불구불한 가지에, 눈처럼 길둥그런 이파리에, 깃털처럼 겹겹으로 쌓인 꽃에 있다. 나무는 주변과의 관계를 천개의 구체적 형상으로 바꾸고 있다. 나무는 천개의 손으로 주변을 어루만지는 존재다. 촉(觸), 연대. 나무는 푸른 천수관음이다. [138]

나무의 몸은 강이다. 수직의 강이다. 중력을 거스르는 강이다. 나무는 비나 폭포 같은 아래를 향하는 강의 정반대다. 나무는 솟아오르는 강이다. 그리고 껍데기가 있다. 수피(樹皮). 나무는 목질이라는 견고한 죽음에 둘러쌓인 강이다. 비나 폭포는 목질이 없는 부드러운 습(濕)의 강이지만, 나무는 목질에 쌓인 딱딱한 건(乾)의 강

이다. 그래서 나무는 저리 높게 거스를 수 있는 거다. 역으로 스밀 수 있는 거다. [139]

24. 나무와 종교

나무는 성스럽다. 나무는 종교다. 겨울에 죽고 봄에 부활하는 불멸성 때문에, 나무는 성스럽다. 잘리면 잘린 대로 다시 무성해지는 완전한 수동성 때문에, 나무는 성스럽다. 보기만 해도 풍기는 푸른 울림과 붉은 신령 때문에, 나무는 성스럽다. 독주하는 이기적 높이와 어깨동무하는 이타적 넓이가 만드는 절묘한 조화 때문에, 나무는 성스럽다. 그리하여 우리는 빈다. 빌고 또 빈다. 이루어 주소서, 이루어 주소서. 나무는 종교다. 나무는 절이다. [140]

성당과 절은 지친 문명에서의 쉼터다. 나무 같은 여백. 성당과 절은 도시의 울창한 나무다. 그 나무가 피곤한 사람들을 불러 모은다. 봐라, 절 밖엔 질주하는 도로와 넘치는 탐욕이 있지만, 절엔 느림과 위로가 있다. 절 밖은 호랑이 같은 육식성의 능동으로 가득하지만, 절 안은 느티나무 같은 식물성의 수동으로 무성하다. 절 밖은 치열한 '더불어'의 모습이지만, 절 안은 고요한 '홀로'다. [141]

모든 나무는 십자가다. '俗' 가로와 '聖' 세로. 나무엔 가로와 세로의 요소가 교차한다. 나무의 가로는 넓이요 공간이다, 육체다, 땅이다. 나무의 세로는 높이요 시간이다, 정신이다, 하늘이다. 나무는 사통팔달의 십자로다. 나무는 두루두루 다 통한다. 나무는 하나의 완결된 소우주다. [142]

俗이 가물은 땅이라면, 聖은 촉촉한 물과 같다. 聖은 俗의 균열된 틈새로 스며들어, 俗을 진흙처럼 말랑하게 한다. 찰기 있는 흙으로 말이다. 그리하여 俗은 형상으로 떠지기에 적합해진다. 빚어지기에 적합해진다. 어떤 손, 요동하는, 허공의, 神手. 그렇게 빚어진 형상이 바로 우리다. 나무다. 우리는 聖-俗 범벅의 존재인 거다. 너무도 잘 빚어진. [143]

종교 의례는 끊임없이 사람들을 핥는다. 어미 소가 갓 낳은 새끼를 핥듯, 그래서 모락모락 김이 피어오르듯, 의례는 촉촉하고 뜨뜻하다. 보라, 의례에 참석하면 성스러운 분위기와 거룩한 말이 여기저기 막 닿는다. 착착, 촉(觸)이다. 마구, 관계다. 의례란 축축하고 따뜻한 神의 혀다. [144]

물질에 난 균열이 생명이고, 생명에 난 균열이 자아이며, 자아에 난 균열이 종교다. 물질에서 시작한 균열은 점점 커지며 기이한 무늬 혹은 형상을 이루는데, 결국엔 실존에 이른다. 그리고 神을 낳는다. 도대체 어떤 힘이 저 투박한 돌을 갈라 영적인 神을 끄집어 낸 것일까. [145]

종교는 눈이다. 종교는 이마에 난 외눈으로 세상을 응시한다. 그 눈은 선이라는 반짝이는 홍채와, 악이라는 어두운 동공으로 이루어져 있다. 그 눈은 선과 악이라는 이분법으로 세상을 본다. 단순하고 강력한 외눈! 종교는 청홍(靑紅)의, 보랏빛 외눈박이다. [146]

25. 응시에 대하여

동공은 빛이 빠지는 호수요, 홍채는 그때의 출렁이는 물결이다. 빛이 퐁당 빠지면 눈에는 색색의 기하학적 물결이 이는데, 그 아롱지는 파문이 바로 홍채다. 홍채는 밋밋한 눈이 쓴 찬란한 빛 가면이다. … 눈엔 聖과 俗이 공존한다. 동공은 검은 俗이요, 홍채는 채색진 聖이다. 우린 聖俗의 쌍(双)으로만 세상을 볼 수 있다. [147]

응시란 내 몸이라는 물질에 섬세한 정신의 무늬를 새기는 일이다. 투사하듯 말이다. 응시에는 바라봄과 사유가 함께 있는데, 바라봄이 동공의 영역이라면 사유는 홍채의 영역이다. 사유가 이루어내는 자아라는 그 고유의 무늬가 바로 홍채다. 응시는 聖化다. [148]

응시, 눈이 빛을 퐁당퐁당 받아들인다. 눈은 이파리처럼 광합성 하며 온갖 형상을 정신에 찍어낸다. 응시하면 머릿속에서 무수한 형상들이 이파리처럼 수북이 돋는다. 머리는 빠르게 관념의 나무로 무성해진다. 환(幻). 환의 숲. 명멸하는 이미지들로 머리가 꽉 찬다. 응시는 영혼의 광합성이다. [149]

생명이란 눈이다. 생명은 물질이 눈 뜨는 것이다. 그리하여 보는 것이다. 생명의 본질은 응시다. 하여 이파리마다 눈의 모습을 하고 있는 저 나무는 응시의 화신이다. 나무는 무수한 눈으로 세상을 보고 또 본다. 왕성하고 적나라한 저 응시, 잎사귀. 나무야말로 진정 생명의 정수다. 솟대다. 그래서 저리도 푸른 거다. [150]

진짜 눈은 널리 보며 수평의 관계를 지향하고, 이파리의 눈은 높이 보며 수직의 빛을 지향한다. 종교인의 눈은 이파리 눈을 닮았다. 위 즉 神만을 향한다. 주광성이다. 그래서 종교의 눈은 횡(橫)으로 외롭고, 종(縱)으로 충만하다. [151]

26. 균열은 존재化다

나무는 균열이다. 나무의 가지와 뿌리가 무성하게 금간 틈새의 모습을 하고 있다. 나무는 하늘과 땅에 생긴 수직의 균열이다. 이 겨울, 둘러보면 공간 곳곳이 쨍그랑 쨍그랑 깨져 있다. 저 쑥대밭의 聖 폐허. 우뚝 선, 저 쓸쓸한 꼬끼오들. [152]

균열은 주름처럼 보인다. 균열을 잘 보면 어떤 표정의 얼굴이 떠오른다. 매끈한 덩어리는 무한한 가능성을 품은 무표정의 얼굴이지만, 그 덩어리에 균열이 생기는 순간 그것은 하나의 표정으로 구체화된다. 가령 씽긋 혹은 웃음. 균열이란 무한한 가능성이 단 하나의 모양으로 축소해 버리는 현상 즉 차원 축소다. [153]

복잡하게 얽힌 것에는 무늬가 없다. 아니 너무도 무늬가 많아 결국 아무 무늬도 없는 거나 다름없다. 그걸 우린 덩어리라 한다. 덩어리는 무한이고 무의미다. 그러나 덩어리에 균열이 생겨 차원이 축소되기 시작하면, 그때부터 덩어리엔 어떤 무늬가 나타난다. 무한의 흰 도화지에 유한의 형상이 그려지듯, 어떤 의미 혹은 존재가 불쑥 솟아난다. 色. … 균열은 空이 아닌 色이다. [154]

俗은 밋밋한 덩어리로 존재하고, 聖은 정교한 문양으로 존재한다. 俗이 균열하면 섬세한 선 무늬가 드러나 聖이 되는 반면, 聖이 균열하면 그냥 덩어리로 뭉개져 俗이 되어버린다. 가령 땅이라는 俗 덩어리는 갈라지고 갈라져 聖 나무로 솟아오르지만, 나무라는 聖 무늬는 죽고 찢겨 땅이라는 俗으로 뭉개지더라. [155]

빛은 검은 빈 공간에 흰 금이 생기는 것이다. 빛은 虛의 균열이다. 虛의 균열은 實이 된다. 우리 같은 이 형상들 말이다. 虛의 틈새는 반드시 존재의 實로 꽉 채워진다. 그리하여 보면 다 보인다. 별, 나무, 사람, 호랑이, 꽃의 본질도 사실은 검은 虛에 난 흰 균열인 거다. 실체, 色 말이다. [156]

균열은 實 균열과 虛 균열로 나뉜다. 實 균열 즉 實로 된 균열은 산맥, 강, 섬, 나무, 빛 같은 통통한 양각으로 나타난다. 채워진 균열이다. 虛 균열 즉 虛로 된 균열은 벼랑, 협곡, 길, 마천루 같이 옴파 패인 음각으로 나타난다. 비워진 균열이다. 채워졌든 비워졌든 모든 균열은 다 찬란한 형상으로 귀결되더라. 균열은 진한 존재化다. [157]

27. 균열은 응시다

생명은 깨짐 즉 균열이다. 생명이라는 실체는 허공의 빈 공간 속을 균열처럼 자란다. 생명은 양각으로 도드라진 균열이다. 그 균열은 종(種)마다 같은 패턴으로 반복되며, 허공의 곳곳에 實한 무늬를 새긴다. 우리, 이 존재들 말이다. 공중이라는 虛는 그렇게 깨져야 비로소 그 실팍한 형상을 드러낸다. 비로소 有가 된다. 보이게 된다. [158]

俗이 균열하면 聖이 되고, 聖이 균열하면 俗이 된다. 즉 俗人이 망하면 聖人이 되고, 聖人이 망하면 俗人이 된다. 聖과 俗은 쌍(双)이다. 서로가 서로의 데칼코마니다. 聖과 俗은 저절로 어우러져 훨훨 나는 하나의 대칭 나비가 된다. 聖과 俗은 균열로 엮인 한 몸이다. [159]

금이 간다. 세세한 것에 금이 가면 조악하게 뭉뚱그려지고, 뭉뚱그려진 것에 금이 가면 세세하게 정교해진다. 불상처럼 또렷한 형상에 亡의 균열이 생기는 걸 우린 俗化라 한다. 암벽처럼 뭉뚱그려진 덩어리에 무늬 같은 균열이 생기는 걸 우린 聖化라 한다. 俗化는 뭉뚱그려지는 것이고, 聖化는 세세해지는 것이다. 세세해지는 것은 표정 즉 희로애락의 무늬가 생기는 것이고, 뭉뚱그려지는 것은 이목구비 없는 민무늬의 얼굴이 되는 것이다. [160]

깊은 균열은 응시의 선이다. 즉 시선이다. 그래서 갈라지면 보인다. 균열이 생기면 수직의 공간이 열리며 시선도 열린다. 그리고 더 깊이 더 무성하게 보인다. 저, 틈새를 본다. 응시란 빈 틈 사이로 보이는 虛의 윤곽 또는 實의 윤곽이다. 虛의 경계 또는 實의 경계. 틈새를 본다는 것은 긴 虛를 관통해가다 만나는 최초의 實 또는 벼랑을 보는 것이다. [161]

꽃을 본다. 응시는 혼돈의 꽃을 강타해 꽃 주변에 삐뚤빼뚤 꽃 모양의 균열을 낸다. 그 균열 때문에, 우리는 비로소 꽃의 윤곽과 색깔

45

그리고 의미까지도 볼 수 있게 된다. 응시는 정교한 망치질과 같다. 응시하면 무형의 혼돈 덩어리는 와장창 깨져, 어떤 또렷한 형상으로 나타나게 된다. 즉 질서가 된다. 의미가 된다. 응시는 무형의 俗을 유형의 聖으로 바꾼다. [162]

28. 균열은 聖化다

웃으며, 금 간 벽을 바라본다. 균열이라는 스며듦은 대류의 한 형태다. 균열은 實이라는 물질 속으로 虛라는 하늘이 들어간 것이다. 균열은 일종의 기화다. 균열하면 實 덩어리에 기화라는 금이 가, 거미줄 같은 虛의 무늬가 생겨난다. 하늘 무늬 말이다. 균열은 검은 實을 푸른 虛로 바꾸어 놓는다. 균열은 聖化다. [163]

균열되면 덩어리에 틈새 즉 겨드랑이가 생긴다. 그 틈새 때문에 덩어리는 자꾸 간지럽다. 웃을수록 덩어리는 더 더 갈라진다. 쩍쩍, 공간이 웃는다. 균열이란 겨드랑이에 돋아난 웃음의 날개인 거다. 그 날개는 虛의 날개이며, 實의 덩어리 속을 훨훨 난다. 균열은 내부로의 아찔한 비행이다. [164]

균열은 일종의 가면 쓰기다. 민무늬 덩어리에 균열이 생기면 어떤 무늬가 나타나는데, 그 무늬는 꼭 가면을 쓴 것처럼 보인다. 금 간 곳을 자세히 보라. 눈, 코, 입이 보이지 않는가. 얼굴이 보이지 않는가. 표정이 보이지 않는가. 그게 바로 가면인 거다. 굳건한 덩어리는 그렇게 가면을 쓰며 차츰차츰 부서져 간다. 부서져 상형문자 같은 또 웃는 얼굴 같은 오뚝한 의미가 된다. 聖畵, 聖化. [165]

균열은 혀가 자라는 것. 그리하여 핥는 것. 균열은 공간을 맛보는 것. 그리하여 다시 핥는 것. 균열은 혀의 촉(觸) 즉 미각이다. 균열은 꼭 뱀의 혀 같다. 균열은 빈 공간을 끊임없이 탐한다. 날름날름 또 날름

날름. 균열은 쉼 없이 虛를 맛본다. 균열은 파괴적 미각이다. [166]

균열은 뱀이 기어가는 것과 같다. 느릿느릿. 구불구불. 균열은 꿈틀대는 생명의 모습으로, 살아 있다. 하여 덩어리에 균열이 생기는 것은 한 마리의 뱀이 움트는 것과 같다. 균열이란 그런 생명化다. 봄에 싹이 움트는 것 또한 균열을 닮았다. 싹은 하늘과 땅에 동시에 생기는 균열이다. 그 균열은 여름 내내 스스로의 생명력으로 점점 더 길게 자라난다. 그 역시 뱀을 닮았다. [167]

벽이 갈라진다. 균열은 불의 뾰족함을 갖고 있다. 균열은 그 어지러운 선들로 뭔가 불의 형상을 떠올린다. 잘 보면, 균열은 그 형상만으로도 뜨겁고 따갑다. 찢김의 본질은 그런 불이다. 벽이 찢긴다. 활활, 쩍쩍. 벽이 불탄다. 俗도 불탄다. [168]

29. 시간은 나무의 형상으로 균열된다

나무는 교(爻)다. 나무는 하늘에 뿌리내리고 땅에 뿌리내려, 둘 사이를 잇는다. 나무는 하늘에 균열을 내고 땅에 균열을 내, 두 세계를 잇는다. 팔은 위로, 발은 아래로, 만세. 나무는 찢는 동시에 잇는 신성의 사다리다. 나무는 오르락내리락 다 통한다. [169]

걷는 것은 살짝 나는 것이므로, 발은 때때로 날개다. 걷기는 깡충깡충 징검다리 방식으로 나는 거다. 그런 발이 만드는 궤적은 쉬 휘발된다. 봐라, 걸으면 허공을 난 듯 아무 흔적이 없다. 봉합. 無 … 발이 하늘의 자유라면, 뿌리는 땅의 속박이다. 발의 대척점에 뿌리가 있다. 뿌리는 땅이라는 단단한 덩어리에 균열을 내며 내부로의 길을 열어간다. 뿌리가 만드는 저 實한 궤적은 견고한 동선으로 또 강한 기억으로 오래 남는다. 有. … 발엔 시간이 없지만, 뿌리엔 시간이 있다. 그래서 뿌리는 균열의 형상으로 차곡차곡 축적되고 결국 역사가 된다. [170]

나는 너와 다르다. 다름은 균열이다. 찢어짐 즉 세분화다. 나는 너와 점점 더 달라진다. 우린 다른 종(種)이 되어 간다. 세상의 모든 종은 그런 균열 현상이 오래 아주 오래 축적된 결과다. 종은 긴 찢어짐의 결과인 거다. 하여 계통수는 찢어짐이다. 나무처럼 찢어짐이다. 시간 탓이다. 시간에 다름이 더해지면 대체로 찢어진다. 그리고 그런 찢어짐은 필히 무성한 가지와 풍요로운 잎사귀를 낳는다. 찢어짐은 神性이다. [171]

시간은 가는 선이다. 그 선은 갈라지고 갈라지며 견고한 뼈대를 이룬다. 그리곤 거대한 우주 공간을 나무처럼 지탱한다. 세상의 온갖 형상들이 비쩍 마른 시간의 줄기에 살처럼 혹은 이파리처럼 통통하게 붙는다. 네모, 세모, 원 등이 열매처럼 주렁주렁 열린다. 시간이 살찌니 공간도 저리 꽉 차는구나. 지구는, 형상 비만이다. [172]

균열은 작은 차이를 낳고, 그 차이는 오랜 시간 동안 축적되어, 큰 갈라짐이 된다. 그런 무수한 갈라짐이 모이고 모인 결과가 나무다. 나무는 갈라짐의 역사를 그대로 몸에 새긴다. 파랑, 노랑, 빨강, 초록, 혹은 희로애락. 웃고 분노하고 울고 즐기며 나무는 끊임없이 갈라진다. 나무는 균열로 쓴 역사책이다. [173]

30. 생명은 축제다

유월의 꽃 핀 밤나무는 희고 푸른 구상성단 같다. 펑, 대낮의 저 구상성단. 밝다. 폭죽 같다. 기다란 흰 꽃이 구더기 혹은 초끈을 닮아 불꽃처럼 사방팔방 흩어진다. 꼬물거리며, 펑, 펑. 만끽. 축제다. 나무는 축제다. 찰나의 축제다. … 聖은 불안정한 찰나요, 俗은 안정된 영원이다. 축제는, 찰나의 聖이다. [174]

생명은 축제다. 생명은 펑, 펑, 뻥튀기 된 물질이다. 그래서 부풀어 있다. 물로 부풀어 있다. 생명은 부풀고 부풀어 이런저런 말랑한 형상을 이룬다. 그리고 시간을 따라 변한다. 생명은 아우성치는 형상의 놀이 즉 변장의 축제다. 그 증거가 백일홍처럼 화려한 형상에, 앵무새처럼 현란한 색깔에, 공작의 춤처럼 분방한 동작에 있다. 생명은 맵시의 만끽이다. [175]

수면은 평면 무늬다. 수면은 호수라는 덩어리가 쓴 한 겹의 얇은 聖 가면이다. 그런 호수를 우리는 닮았다. 우리는 종(種)이라는 얇은 무늬로 물의 몸을 감싸 하나의 생명체가 된 결과다. 즉 모든 생명체는 표피라는 얇은 가면을 쓴 물 덩어리에 지나지 않는다. 그 가면이라는 이차원의 평면이 삼차원의 몸 덩어리를 늘 쪼이고 있다. 압박. 그리하여 우리는 깊이 없는 이차원으로만 보인다. 우리는 차원의 축소다. [176]

높이서 내려다보면 땅의 껍질엔 온갖 무늬가 새겨져 있다. 늘어진 버드나무, 하늘거리는 코스모스, 팔 흔드는 사람들, 팔랑이는 나비. 그 모두가 땅에 새겨진 문신처럼 보인다. 그 꿈틀대는 무늬가 바로 생명의 정체다. 아주 얇음 말이다. 땅 위에서 생명은 호수의 수면처럼 얇은 한 겹으로만 일렁일 뿐이다. 생멸하는 저 문신 그리고 땅-거인. 땅은 '生' 문신을 한 비로자나불의 모습 그 자체다. [177]

31. 바닷가를 달리는 聖 아이, 아이도 축제다

아이가 바닷가를 달린다. 직선을 뛰는 아이. 길다. 끝이 없구나. 무한이다. 바닷가 아이에게 직선은 끝이 없는 영원이다. 까마득한 직선, 비록 원은 아니지만 무한이다. 성스럽다. 그러나 어른은 다르다. 바닷가는, 아이에겐 무한의 聖이지만, 어른에겐 유한의 俗이다. 바닷가는, 아이에겐 적막한 '홀로'의 성소지만, 어른에겐 소란스러운 '더불어'의 속세일 뿐이다. [178]

돈다. 원을 그린다. 돈다. 순환은 무한이다. 영원이다. 원은 神 같다. 원은, 순환은, 종교다. 성스럽다. 돈다. 묵주 같다. 염주 같다. 계속 돈다. 원이다. 시간이 사라진다. 무한이다. … 돌면, 俗은 으깨져 聖이 된다. [179]

지구는 거대한 둥근 나무다. 산맥은 높이 뻗은 가지요, 계곡은 깊이 내린 뿌리다. 사람은 길둥그런 이파리다. 아이에겐 그렇게 보인다. 또 다른 아이의 눈에 섬은 고래요, 산은 거북이, 강은 뱀이다. 또 땅은 거인의 등짝이요, 늪은 속살이며, 호수는 괴물의 푸른 눈이다. 아이는 그렇게 본다. 아이는 은유의 눈을 가졌다. 聖目. [180]

아이는 유연하다. 그래서 성장한다. 그래서 얼굴이 없다. 아이는 가면의 존재다. 아이는 성장해 가며 가면을 바꿔 쓰고 또 바꿔 쓴다. 아이에겐, 자기 얼굴이 없다. 구름처럼. 아이는 구름이다. 변한다. 아이는 늘 변한다. 아이는 늘 흐른다. 가면이 바뀐다. 가면을 바꿔 쓴다. 아이는 호수의 수면처럼 늘 일렁인다. [181]

어른은 목질이고, 아이는 非목질이다. 아이는 말랑한 혀와 같다. 아이는 유연하고 촉촉하다. 어른은 굳다. 목질化는 경직되는 것으로 일종의 차원 축소다. 다양한 가능성이 사라지고 특정한 가면만을 쓰게 되는 것, 목질化는 건조해지는 것이다. 그래서 무생물은 목질이고, 생명은 非목질이다. 타인은 목질이고, 나는 非목질이다. 타인은 나에게 건조한 사물과도 같다. [182]

아이가 둘러본다. 아이에게 숲은 푸른 바다. 나뭇가지는 동해의 짙은 해류고, 이파리는 태평양의 둥근 물결 또는 파도다. 원숭이와 다람쥐는 그 바다를 노니는 물고기다. 색색의 열매는 물론 산호다. 바닷가 아이는 보는 자다. 선입견 없이 보이는 데로 보는 자다. 아이는 시인이다. 아이는 축제로서의 세계를 제대로 보고 있다. 목질의 어른은 결코 볼 수 없는 저 풍경을. … 낯섦을 보는 아이는 聖에 가깝고,

익숙함을 보는 어른은 俗에 가깝다. [183]

아이는 물이다. 아이는 젤이다. 아이에겐 고정된 형상이 없다. 아이는 늘 흐른다. 아이는 과정 중인 자다. 아이에겐 나무 같은 목질이 없다. 그래서 경직이 없다. 죽음이 없다. 아이는 죽음이 없어 말랑하다. 아이는 젤이다. 아이는 물이다. 아이는 습(濕)하다. 반면 어른은 건(乾)하다. [184]

32. 물과 불에 대하여

聖은 俗을 고양시키지만, 고양시켜 어떤 흔적을 남기지만, 俗과 닿는 순간 聖은 즉시 俗化해 버린다. 聖은 그 신비한 힘을 잃고, 俗 속으로 스며들어 뭉개져 버린다. 그리고 俗에는 약간의 물결이 남는다. 물결 모양의 흔적 혹은 바다의 흔적이 남는다. 聖 때문이다. 무늬라는 것은 오직 俗에만 새겨질 수 있는데, 무늬는 그게 무엇이든 본질적으로 聖의 흔적이다. 그리고 모든 聖의 흔적은 일종의 바다에의 기억이다. 파도 말이다. [185]

나무는 높이의 세로고, 사람은 관계의 가로다. 나무 밑에 앉는다. 나무라는 세로와 사람이라는 가로가 한데 어우러진다. 聖 나무와 俗 사람이 서로 영향을 주고받는다. 촉(觸). 닿는다. 俗化한 나무에 수평의 기운이 더해진다. 聖化한 사람에 수직의 기운이 더해진다. 그리고 네모. 나무 밑에 앉으면 서로가 서로를 향해 서로 격자가 된다. 하나의 완전한 순환 혹은 조화로운 네모가 된다. … 세로는 솟음의 불이고, 가로는 퍼짐의 물이다. [186]

살이 타오른다. 살은 조용해 보이지만, 사실은 세포의 소멸과 재생으로 끓듯 타오른다. 느리게 아주 느리게 살은 타오르는 중이다. 그 생사의 치열함이 진짜 불을 방불케 한다. 체온이라는 저온의 불로 살은 고요히 요동치고 있는 중이다. 활활, 흰 각질을 재처럼 남기며.
활활, 俗 죽음을 향해. [187]

화장은 살과 뼈를 태운다. 고온의 붉은 불로 태운다. 화장은 밝고
뜨거운 '진짜 불'이다. 매장도 살과 뼈를 태운다. 저온의 검은 불로
태운다. 매장은 어둡고 차가운 '유사 불'이다. 매장은 흙으로 하는
화장이다. 흙 불 혹은 땅 불. 흙 불은 균과 구더기라는 꿈틀대는 산
불꽃을 갖는다. 봐라, 썩는 것은 사실 불타는 거다. 그래서 썩음은
그림자 같은 검음을 재처럼 남기는 거다. [188]

불은 정화하는 혀다. 늘름늘름. 불은 뜨거운 키스 세례다. 불은 핥는
다. 불은 대상을 핥아 그것을 전혀 다른 존재로 변하게 한다. 불의 혀
와 닿으면 누구든 본래의 불순을 잃고 새로운 순수로 거듭 난다. 불은
묵은 자아를 죽인다. 참회와 재생, 윤회는 필히 불을 바탕으로 한다.
불은 촉(觸)의 뽈이다. [189]

불은 생명이다. 살아있다. 역으로 보면, 생명도 불이다. 저온의 불
이다. 은근히 타오른다. 생명은 은근한 타오름이다. 저 솟구치는
타오름의 모양들. 곤두선 모양들. 활활, 뻗치는, 사람形, 나무形.
저건 살아있음의 형상이다. 능동의 형상이다. 불의 형상이다. 그래
서 번식하기는 여기저기로 불이 옮겨 붙는 것이다. 즉 불 지르기
다. 번식은 형상의 불을 지르는 행위다. 성(性)은 불이다. [190]

33. 기화는 자잘한 날개가 무수히 돋아나는 것이다

나무는 날개야. 나무는 일찍이 떡잎부터가 날개의 형상이지. 물론
다 자란 나무의 이파리도 날개를 닮아 있어. 자잘한 잎 날개들이
나무를 성큼성큼 날아오르게 해. 봐, 솟잖아, 날잖아, 스며들잖아.
나무는 안개처럼 무수히 작은 날개들의 총합인 거야. 무성한 나무

는 뭉게뭉게 피어오르는 푸른 안개인 거라고. 나무는 그렇게 땅이 기화한 형상을 하고 있어. [191]

모든 존재는 땅에서 먼지로 솟아오른 후, 공중에서 엉켜 붙어 만들어진 것이다. 이는 넓은 의미에서의 기화다. 형태는 그것이 어떤 형태든 그 자체로 기화의 모습을 하고 있다. 모양이라는 것은 그것이 어떤 모양을 하고 있다는 사실만으로도 기화인 것이다. 땅에 딱 붙어 있다면 그것은 형상이 없을 테니까. 봐라, 모든 형태는 땅으로부터의 솟음 즉 기화다. 요컨대, 솟음=형태=기화=聖. [192]

기화는 자잘한 날개가 무수히 돋아나는 것이다. 그리곤 날아올라 폭신한 구름이 되는 것이다. 기화는 하늘의 虛와 섞이며 솜사탕처럼 뭉게뭉게 피어오르는 것이다. 그래서 거품처럼 또 풍선처럼 빵빵하게 허화(虛化)하는 것이다. 그게 생명이다. 생명이란 단단한 땅이 기화하며 솟아올라, 허공에서 딱 엉켜 붙어 만들어진 것이다. 생명은 일종의 구름이다. 생명은 날 것의 무엇이다. [193]

기화는 경계化하기다. 기화는 하늘과 땅을 잘게 쪼게 마구 섞으며, 둘 사이에 이도저도 아닌 경계의 층을 만든다. 봐라, 안개는 하얀 펄을 닮은 천지간의 경계로, 항상 낮게 속닥거린다. 안개는 하늘과 땅의 경계에 뿌연 장막을 치고, 그 안에서 하늘과 땅을 음양의 격자로 엮어, 온갖 형상을 출산해 낸다. 경계는, 야(冶)하다. 우린 거기서 태어났다. 기화는 성(性)이다. [194]

기화하면 땅이라는 굳은 덩어리가 풀어져 펄처럼 걸쭉한 무엇으로 떠오른다. 그리곤 절로 형상으로 응결된다. 그리곤 유한을 산다. 풀, 꽃, 뱀, 새, 여우 등. 그건 거대한 무형이 유형이라는 작은 가면을 쓰는 것과 같다. 종(種)이라는 가면 말이다. 그게 생명이다. 생명은 드넓은 공간의 마당에서 시간의 동선을 따라 신명나게 탈춤을 추는 존재다. 하여 하늘과 땅의 경계에선 늘 생명이라는 가면극

이 펼쳐지고 있다. 우린 축제다. [195]

34. 기화, 균열, 불, 안개

불은 날개다. 불은 늘 뜨겁게 푸드덕거린다. 그래서 불과 닿으면 무엇이든 날 듯 기화한다. 날아간다. 불은 꽉 찬 實 덩어리에 텅 빈 하늘을 전파한다. 즉 균열을 일으킨다. 불은 단단한 덩어리에 하늘을 고이게 한다. 그렇게 불은 덩어리라는 實을 空으로 해체한다. 역으로 날개는 불이다. 날갯짓은 스스로의 몸에 불을 지르는 것과 같다. 즉 나는 것은 불타는 것이요, 기화하기다. 날면 몸은 끊임없이 뻥튀기되며 한없이 푸른 虛에 가까워진다. [196]

숯을 본다. 구멍이 숭숭. 욕망의 불이 저렇게 구더기 같은 작은 실금들을 생겨나게 하는구나. 바람도 숭숭. 불에 의한 기화로 숯 곳곳은 虛로 파인다. 빈다. 휙 날아간다. 상승, 빔, 균열, 虛. 균열이란 저렇게 뭔가 날아간 흔적이다. 숯에 난 저 무수한 날갯짓의 흔적들, 虛. 보이니? 균열은 聖化다. [197]

안개 낀 날, 호수엔 흰 날개가 가득하다. 푸드덕, 푸드덕, 날갯짓 소리. 저 낱낱의 기화. 안개는 뭔가가 날갯짓하는 모습을 하고 있다. 안개 낀 날, 호수는 한 마리의 거대한 새가 되고 있다. 붕(鵬). 대붕(大鵬). 머지않아 호수는 구름이라는 흰 새로 훨훨 날아오를 것이다. 날아올라 하늘에 뚜렷한 聖 무늬를 아로새길 것이다. [198]

기화란 통짜의 덩어리에 무수한 균열이 생기는 것이다. 쩍쩍 갈라지는, 자잘한 금 혹은 틈. 기화는 덩어리가 찢겨 虛를 치며 하늘로 올라가는 모습을 하고 있다. 훨훨. 그 실금이 바로 날개다. 날개는 참 신비롭다. 꽉 펼쳐진 날개는 좌우의 수평으로 상하의 수직을 만들어낸다. 즉 넓이로 높이를 만들어낸다. 聖化다. [199]

35. 생명은 대류다, 돈다, 문명도 대류다, 돈다

해는 죽은 물질을 생명으로 기화시킨다. 뜨거운 불이 우리 몸에서 땀을 솟나게 하듯, 불덩어리 해도 땅을 기화시켜 여러 습한 형상을 땀처럼 솟나게 한다. 송골송골. 몽글몽글. 그 형상이 바로 우리 생명체다. 생명이란 해가 유발하는 물 범벅의 촉촉한 솟음인 것이다. 聖 솟음, 俗 하강. 생명은 솟고 가라앉는 일종의 대류다. [200]

뜨거운 태양으로 인해 땅이 흘리는 땀, 그게 생명이다. 새든 사슴이든 나무든 또 꽃이든 열매든 이파리든 그 본질은 모두 땅이 흘리는 땀일 뿐이다. 털이 수북한 걸쭉한 물 말이다. 목질化한 물 말이다. 사실 우린 모두 습한 존재다. [201]

생명은 솟구침으로 일종의 기화다. 생명은 땅에서 태어나 공중을 산 후 죽어 다시 땅으로 되돌아가는, 하나의 순환이다, 하나의 대류다. 솟구친 것은 필히 내려올 수밖에 없기에, 모든 솟구침은 순환이라는 원의 시발점이 된다. 그리고 돈다. 생명은 돈다. 원으로 돈다. 생명은 원이다. 생명은 영원히 돌고 도는 대류 현상의 일종이다. [202]

세상은 돈다. 붙박이 나무는 제 자리에서 수직으로 돌고, 떠돌이 동물은 제 높이에서 수평으로 돈다. 나무는 높이를 통해 세로로 솟은 길을 놓고, 동물은 동선을 통해 가로로 누운 길을 놓는다. 그렇게 세상은 돈다. 길을 이루며 돈다. 세상은 세로로 돌고 가로로도 돌아, 견고한 네모를 이룬다. 세상은 격자다, 대류다. [203]

동선이 굳은 것이 도로다. 도로는 수평의 대류다. 문명의 모든 쓸모는 수평을 지향하고, 문명의 모든 허영은 수직을 지향한다. 그리하여 문명은 자족의 네모를 그리며 스스로 돈다. 봐라. 물질은 쓸모로 움직이고, 사람은 허영으로 움직인다. 횡(橫)으로 이동해야 필요한 실질 즉 물질의 것을 얻을 수 있다. 종(縱)으로의 이동은 오직 통찰하기 위함이다. 자랑하기 말다. 횡은 육체요, 종은 정신이다. [204]

땅은 온갖 자아로 들끓는다. 아우성치듯 끓는다. 사실 대류란 상승하고 하강하며 이루어지는, 가면 쓰기 놀이에 다름 아니다. 땅의 한 줌 흙이 생명을 얻게 되면, 하나씩 종(種)의 가면을 뒤집어쓰고, 예리한 형상으로 허공을 한 바퀴씩 돈다. 울부짖으며 돈다. 그리고 하나의 역할을 산다. 관계를 산다. 즉 마당극을 펼친다. 그게 대류다. 윤회다. [205]

모든 생명은 대류 현상이다. 그 대류의 형태가 곧 가면이다. 이런 대류는 이런 가면이고, 저런 대류는 저런 가면이다. 코끼리라는 대류는 코끼리 가면을 쓰고, 산수유라는 대류는 산수유 가면을 쓰며, 튤립이라는 대류는 튤립 가면을 쓴다. 그렇게 생명은 종(種)마다 하나씩의 가면을 쓰고 산다. 가면이라는 평면의 껍질을 산다. [206]

비야 오너라. 내려라. 사납게 일렁이던 하늘의 바다가 비로 쏟아져 내린다. 우르릉 쾅쾅. 하늘의 검은 바다가 무섭게 땅으로 수직 이동한다. 후드득 쏴아. 비, 창살 같은 비. 세상은 온통 세로의 줄무늬뿐이로다. 세로의 결이 파도치는 물결로 보인다. 줄무늬 허공이 강이나 폭포처럼 보인다. 비는 하늘 벼랑에서 떨어지는 긴 폭포다. 수직의 강이다. … 돈다. 비는 돈다. 비는 하늘의 죽음에서 땅의 생명으로 이어지는 긴 선을 그리며 돈다. 비는 울고 웃는 '聖' 대류의 모습이다. [207]

36. 안개와 대류와 바람

안개가 피어오른다. 자잘한 물 알갱이들이 공중에 하얗게 떠 있다. 부유하는 흙, 신비롭다. 호수는 기화하며 하늘에 끊임없이 하얀 흙을 뿌리고 있다. 허공에 모호한 땅이 만들어지고 있다. 虛한 實의 땅 말이다. 구름, 공기, 바람, 이파리, 황사, 비, 눈, 우박 등도 모두 하늘의 흙이라 할 만하다. 유령처럼 부유하는 땅들. 기화란 신비다. [208]

신비는 말이다. 모호한 말이다. 신비는 끊임없이 뭔가를 속삭인다. 신비는 귀엣말이다. 안개 낀 호수는 신비롭다. 안개 낀 호수는 어떤 영감을 말해준다. 저 자욱한 증기가 공중에 뜬 하얀 말 가루 같다. 떠오르고 부유하고 쏟아지는 저 말, 말들. 들리는가? 명징한 물질 자음과 모호한 비물질 모음으로 만들어진 안개의 말이. 그런 신비는 인간만이 들을 수 있는 인간만을 위한 말이다. 자연이 인간만을 위하여 속삭이는 말이다. 神의 귀엣말! [209]

대류는 허공의 척추다. 대류는 세계수 이그드라실의 구현이다. 그 나무는 기류의 기둥과 가지, 또 바람의 이파리를 갖는다. 대류는 솟음의 힘으로, 땅이라는 평면의 무늬를 하늘이라는 높이의 공간으로 입체화 한다. 한껏 밀어 올린다. 그렇게 땅은 하늘과 하나의 계통이 된다. 하나의 줄기가 된다. 대류는 맑은 세계수다. [210]

바람이 분다. 바람이 부니, 곳곳에서 虛는 實이 되누나. 하여 빈 것이 만져진다. 텅 빔이 물질처럼 견고해진다. 언덕에 올라, 눈 감고 손 펴서 손으로 세상을 본다. 닿음. 촉(觸). 눈 감은 채 보니 바람 이파리, 바람 가지, 바람 나무, 바람 덩굴이 허공에서 투명하게 단단한 숲을 이루고 있구나. 바람이 부니, 허공이 實해진다. 聖-觸. [211]

37. 가면은 차원의 축소다

이파리는 얼굴 없는 땅이 쓰는 가면이다. 호랑이, 여우, 닭, 풀, 꽃 또한 땅이 쓰는 가면이다. 생명은 종(種)마다 하나씩의 같은 가면을 쓰고 살아간다. 하여 둘러보면 얼굴, 형형색색의 얼굴들, 탈, 탈춤으로 땅은 가득하다. 땅은 한바탕 가면 축제 중이다. 대류라는 큰 원의 마당에서 땅은 신나게 가면놀이 중이다. 땅은 '얼쑤' 마당극을 하고 있다. [212]

가면은 어떤 정형화한 형상이다. 죽은 듯 굳어버린 패턴. 그건 일종의 목질이다. 형태로서의 목질, 형태라는 뼈, 형태라는 상투적 존재, 뭐 그런 것들 말이다. 그래서 가면은 종(種)과도 같다. 종이란 생명이 하나의 고정된 형태로 목질化한 결과니까. [213]

처용가면 또 부네가면 또 초랭이가면 또. 새로운 가면을 쓰면 새로운 자아가 눈 뜬다. 나, 나. 새로운 가면을 쓸 때마다 새로운 내가 새로운 경계로 솟아난다. 나, 나. 나는 나와 다르다. 나는 더 이상 내가 아니다. 가면을 바꿔 쓸 때마다, 가면이 내 사이사이를 찢는다. 그렇게 찢기고 찢기며, 나는 아주 많아진다. 봐라, 나는 땅처럼 무수한 자아를 뿜어대는 '俗' 존재로다. [214]

가면은 두 세계 사이의 경계다. 접점이다. 가면은 두 세계를 잇는 소통이다. 가령 갯벌은 바다와 땅의 경계에서 만들어지는 가면이다. 갯벌은 바다에 대해서는 땅의 가면을 쓰고, 땅에 대해서는 바다의 가면을 쓴다. 또 사슴 탈은 나와 사슴의 경계에서 만들어지는 가면이고, 느티나무는 땅과 하늘의 경계에서 만들어지는 가면이다. 이렇듯 모든 경계는 사실 가면이다. 그리고 통함이다. 경계는 성스럽다. 종교는 다 경계에서 나온다. [215]

모델링은 실제를 한두 가지 특징만으로 단순화한다. 모델링은 차원의 축소다. 모델링은 통찰을 위해 어떤 가면 하나를 씌우는 것과 같다. 가면을 쓰면 복잡한 자아가 단순해지고 단단해지듯, 모델링은 모호한 실제를 굳고 명확하게 한다. 그리하여 모델링하면 꽃은 더 꽃다워지고, 새는 더 새다워진다. 가면은 모델링이요 차원 축소다. [216]

가면은 내 자아의 그림자다. 가면이란 내 자아의 특정한 면이 정형화하여 나타난 얼굴이다. 그것은 굳게 경직된 얼굴 즉 죽음에 가까운 무엇이다. 가면은 얼굴의 목질化인 것이다. 실제의 얼굴 표정은 촉촉하고 말랑한 虛의 꼴을 하지만, 가면은 건조하고 단단한 實의

꼴을 한다. 잘 보면, 가면은 좀 무섭다. 가면에는 늘 죽음의 기운이 서려 있다. [217]

가면을 쓰면 나는 그 가면의 존재가 된다. 그건 복잡한 나를 단순한 가면 속에 욱여넣는 것과 같다. 차원의 축소. 가면 쓰기는 나라는 방대한 우주를 가면이라는 아주 작은 영역에 꾹 밀어넣는 것이다. 그걸 감정이입이라 한다. 감정이입은 늘 줄이고 쪼여 속을 꽉 차게 한다. 충만하게 한다. 감정이입은 너무도 명백한 차원 축소다. … 차원 축소란 하나의 변화고, 그래서 聖이다. [218]

38. 차원 확대와 차원 축소

존재는 팽창하면 차원이 확대되며 나무처럼 무성해지지만, 응축하면 차원이 축소되며 맹수처럼 사나워진다. 차원의 축소는 식물성을 동물성으로 바꾸고, 수동을 능동으로 바꾸며, 무위를 작위로 바꾼다. 가령 별은 사방으로 팽창하는 동안은 식물성의 빛 나무로 존재하지만, 블랙홀처럼 스스로의 그림자로 응축하는 순간 별은 동물성의 포식자로 변한다. 차원은 확대될수록 온순해지고, 축소될수록 난폭해진다. [219]

聖이란 차원의 확대. 聖은 내 자아에 神이라는 또 하나의 차원이 가미되는 것이다. 내가 神이라는 가면을 쓰는 것 그래서 주위로 내가 확장되는 것, 그게 바로 聖이다. 하지만 神이 가미되는 순간 내 본래의 자아는 위축된다. 본래의 나는 차원이 축소되어 원처럼 단순해진다. 봐라, 종교인이란 대체로 神으로 모델링 되어 있는 자다. 그래서 성스럽다. 聖化한 그는 한편으론 확대되고, 또 한편으론 축소되지만, 전체적으로는 어린이처럼 단순화한다. [220]

복잡한 것은 전달할 수 없다. 서로 공유하려면 단순화해야 한다. 가령 시 표현은 차원 축소의 결과다. 그것은 내 안의 복잡한 관념 덩어리를 단순한 몇 개의 문장으로 치환한 것이므로 차원 축소다. 표현이란 그렇게 복잡한 곁가지를 쳐내 단순한 본질만을 드러내는 것이다. 그래서 전하기 쉽게 하는 것이다. 그게 모델링이다. 모델 링은 차원 축소다. [221]

덩어리는 무수한 형상에의 가능성을 품고 있으므로 무한 차원이다. 가령 땅이라는 덩어리는 무한의 차원이 꿈틀대는 살아있는 용광로다. 펄펄 끓는 그 무한이 어떤 이유에서건 차원 축소되기 시작하면, 무한은 나무나 호랑이, 꽃, 코끼리 같은 구체적인 형상으로 응결된다. 무한은 유한이 된다. 봐라, 나무란 땅이라는 무한의 차원이 축소되어 어떤 특정 형상으로 구현된 결과인 거다. 나무는 땅의 자기표현인 거다. 문장 같은 거 말이다. 땅이 거대한 무의식이라면, 나무는 작게 응축된 의식이다. [222]

이파리는 이차원의 면을 모아 나무라는 삼차원의 입체를 이루고, 털은 일차원의 선을 모아 모피라는 이차원의 평면을 이룬다. 봐라, 단순한 것도 많이 모여 견고한 관계의 망을 이루면, 저리 새로운 지평을 열지 않는가. 좀 더 복잡해지지 않는가. 그건 새로운 자아가 생겨나는 것과도 같다. 그걸 우린 차원의 확대라 한다. … 차원이 커지든 작아지든, 차원의 변화는 모두 聖이다. 무변(無變)이야 말로 俗이다. [223]

관계를 맺으려면 나는 특정한 가면을 쓴 듯 단순해져야 한다. 즉 하나의 역할로 차원이 축소되어야 한다. 그래야 마당극이라는 실용적 관계가 가능해진다. 복잡한 자들끼리는 결코 어우러질 수 없는 법이다. 관계는 내 차원의 확대인데, 그렇게 차원을 확대하려면 먼저 자신을 축소해야만 한다. 차원 축소란 장식과 기교가 사라지는 것, 본질만 남는 것, 원형(原型)이 되는 것, 견고해지는 것, 뭐 그런 것들이다. 완벽한 관계는 완전한 단순성에서 온다. [224]

무늬로서의 聖은 덩어리로서의 俗이 쓰는 가면이다. 가령 물결 지는 호수는 實한 땅이 쓰는 가면이고, 각양각색의 구름은 虛한 하늘이 쓰는 가면이다. 또한 너는 복잡하게 엉킨 내 마음이 쓰는 가면이다. 그리하여 내가 보는 넌 단 하나의 무늬로 단순화된다. 얇은 그림자처럼. 나에게 넌 깊이 없는 '聖' 평면일 뿐이다. [225]

39. 뭉개짐은 俗化다

윤곽의 무너짐. 늙는 것도 썩는 것도 녹이 스는 것도 풍화도 꽃이 지는 것도, 모두 뭉개짐이다. 형상의 亡. 저기 장미꽃이 지고 있다. 가분수의 꽃이 지는 게 꼭 녹는 것처럼 보인다. 지글거리며 윤곽부터 뭉개지고 있다. 여기 우리가 늙어가는 것도 아마 녹는 것일 게다. 노화란 부서지는 게 아니라 녹는 거다. 주름이라는 흐물거림이 바로 그 증거다. [226]

꽃이 진다. 종(種)이라는 형상의 가면을 벗는다. 윤곽이 뭉개진다. 세세함이 뭉개진다. 뭉개져 땅을 닮아간다. 뭉개져 검은 그림자가 된다. 땅이 된다. 땅은 사실 무수한 형상이 녹아 붙은 덩어리다. 땅은 저온의 펄펄 끓는 용광로다. 꽃이 진다. 색깔이라는 뜨거움이 식어 검은 땅이 된다. 俗이 된다. [227]

모든 형상은 버팀이다. 사람도 나무도 돌도 무너짐을 버틴다. 무너져 땅과 하나 되는 것을 버틴다. 그 버팀이 솟대를 닮은 척추의 모양으로 나타난다. 솟음. 척추 같은 그 버팀이 형상의 의지다. 봐라, 그런 버팀이 형상의 치열한 경계를 만들어 내고 있다. 반면 뭉개짐

은 의지 없는 또 경계 없는 무위인 거다. [228]

나는 오래도록 나다. 우주도 오래도록 우주다. 꽃도 쉬 허물어지지 않고 오래도록 꽃이다. 시간은 항상 흐른다. 지속된다. 시간은 오랜 지속이다. 견딤이다. 버팀이다. 시간은 공간을 지탱하는 기둥으로, 공간이 폭삭 뭉개지는 것을 막는다. 시간은 등뼈로서의 나무 즉 우주수다. 시간은 공간에의 버팀 즉 솟대다. [229]

높이는 벗어남을 지향한다. 자유다. 높아질수록 몸의 윤곽은 깃털처럼 세밀해지고, 형상은 날개 돋은 듯 갈라져 분방해진다. 새처럼. 새, 그건 하늘化다. 반면 낮아질수록 몸의 윤곽은 형상을 옥죄는 경계가 되고, 더 낮아지면 그 윤곽조차 뭉개져 몸은 단조로운 덩어리가 된다. 뱀처럼. 뱀, 그건 땅化다. … 새는 높아 聖으로 펼쳐지고, 뱀은 낮아 俗으로 뭉개진다. [230]

40. 나무에 대하여

나무는 땅에서 하늘로 번지는 모양새다. 만세를 부르는 모습으로 나무는 번진다. 균열하는 모습으로도 나무는 번진다. 나무는 온갖 스며듦의 형상으로 우뚝 서 있다. 하늘로 쭉쭉 그어진 저 획들. 저 스며듦은 섞임이다. 땅과 하늘의 섞임 즉 요철(凹凸)이다. 나무란 적나라한 섞임 혹은 性인 거다. 나무는, 야(冶)하다. [231]

나무는 일종의 덩굴이다. 나무는 위로 하늘을 타고, 아래로 땅을 탄다. 나무는 동시에 하늘과 땅을 타며, 하늘과 땅을 바느질하듯 엮는다. 하여 나무 주변에서 하늘은 확 끌려 내려오고 땅은 쭉 당겨 올라간다. 나무는 풍경의 재봉선이다. 꿰맨 자국 말이다. 반면 나무 없는 수평선은 천의무봉의 결이더라. [232]

봄, 푸름이 빈 공간을 먹는다. 서걱서걱. 하늘의 여백이 줄어든다. 땅이 싹이라는 초록의 實을 토해내, 하늘의 파란 虛를 먹는다. 토하고 토하며 먹는다. 자라고 자라며 먹는다. 먹는 것 역시 관계다. 촉(觸)이다. 봄, 나무는 이파리마다 입이 되어 야금야금 빈 공간을 먹는다. 봄, 봄은 무한의 식욕이다. … 그 식욕이 봄의 성긴, 성겨서 성스러운, 성스러워 배고픈, 배고파 아름다운, 온갖 푸름을 산출해 낸다. [233]

균열은 틈이라는 虛가 벽이라는 實을 먹는 거다. 나무는 가지라는 實이 하늘이라는 虛를 먹는 거다. 생활로서의 俗은 금기로서의 聖을 야금야금 잠식해 들어간다. 규율로서의 聖은 방종으로서의 俗을 찢고 찢어 재배열한다. 그래서 俗은 聖을 진흙 덩어리로 뭉개버리고, 聖은 俗에 찬란한 물결무늬를 새긴다. 이 모두를 우리는 풍화라 한다. [234]

아름다운 꽃은 성스럽다. 꽃은 색깔이다. 꽃은 色이다. 色은 性이다. 性은 俗이다. 새빨간 개양귀비를 본다. 아름답다. 저 꽃은, 色을 매개로 性이 聖이 된다. 色은 俗을 聖으로 바꾼다. 俗을 聖化한다. [235]

나무는 반복이다. 나무는 가지의 반복이고 이파리의 반복이며 꽃의 반복이다. 이 모두는 갈라짐의 반복이다. 나무는 반복의 화신이다. 나무는 반복을 거듭하며 스스로 리듬이 되고 음악이 된다. 쿵작쿵작 쿵~자작. 나무는 생긴 모양 그대로의 '형(形)' 음악이다. 갈라짐의 음악. 나무는 형상으로 북을 치는 형상-리듬자(者)다. [236]

나무는 높이다. 새다. 나무의 가지가 수평의 푸른 날개로 보인다. 나무의 기둥이 수직의 검은 벼랑으로 보인다. 난다. 나무는, 난다. 어두운 벼랑 근처를 회회 나는 한 마리 환한 새의 이미지, 그게 나무다.

나무는 상하의 절벽으로 위태롭고, 좌우의 날개로 빛난다. 나무의 신비로움은 그 아찔한 높이와 추락에의 가능성에 기인한다. [237]

관계는 균열이다. 관계는 너와 나의 다름에 바탕하고 있기에 즉각 갈라진다. 우리는 엮일수록 분열할 수밖에 없다. 그래서 관계의 망은 전체적으로 나무의 형상이 되고 만다. 끊임없이 가지 치는 계통수처럼 말이다. 봐라, 사자와 영양과 자칼은 서로 엮이고 어우러지면서도 점점 더 다른 종으로 분화하고 있지 않은가. 다른 이름이 되고 있지 않은가. 관계는 동화(同化)가 아닌 이화(異化)다. [238]

41. 겨울나무와 여름 나무

여름 나무는 덩어리다. 입방체다. 여름 나무는 면 범벅의 거대한 푸른 몸을 이룬다. 그래서 그 그림자 또한 한 장의 큰 이파리로 검다. 여름 나무는 實한 육체의 존재다. 반면 겨울나무는 선이다. 망(網)이다. 겨울나무는 논리 같은 선 범벅으로 투명한 정신을 이룬다. 그 그림자 또한 야리야리한 직선이어서 그늘이 없다. 온통 빛이다. 겨울나무는 虛한 관념의 존재다. [239]

여름 나무는 융단 같은 그늘을 드리우지. 빛나는 푸른 몸이 무성하니, 어두운 그늘도 저리 넓구나. 쌍(双)의 조화. 한여름의 그늘은 즐거운 사람들을 끌어모아 북적대는 俗의 공간을 만드네. 너무도 흥겨운 축제지만 그래도 부대끼는 건 어쩔 수 없어. 반면 겨울나무는 외롭지. 겨울나무는 이파리라는 몸이 없어 그늘도 없네. 겨울나무 밑은 온통 빛이요 정신이야. 겨울나무는 몸체도 그늘도 균열 같은 얇은 선으로만 존재해. 꼭 수도승 같지. 겨울나무 밑은 고요한 聖의 공간이야. [240]

그늘은 한 겹의 잔잔한 수면이다. 그늘은 주름 없이 쫙 펴진 옷자락 같기도 하다. 표정이 없다. 그늘 자체엔 아무런 감정이 없다. 그냥 민무늬다. 그러나 그늘로 사람들이 모여드는 순간, 그늘엔 사람이라는 파문이 인다. 와자지껄함이라는 물결무늬가 돋는다. 울고 웃는 감정이 새겨진다. 여름날, 땡볕은 무미건조한 이성이지만 그늘은 희로애락의 감정이 된다. … 의미는 사람이 가른다. 聖俗도 사람이 가른다. 사람은 작위다. 칼이다. [241]

나무는 무늬다. 나무는 땅에 양각으로 새겨진 흙의 무늬다. 나무에는 기후 변동, 토양 조건, 위도, 바람의 변화, 홍수, 종(種)의 형상 등이 그대로 새겨진다. 나무는 이 모든 조건들을 자신의 형상에 그대로 새긴다. 나무는 자연의 조각품이다. 하여 땅이 뭉툭한 무형의 俗이라면, 나무는 예리한 유형의 聖이다. [242]

숲과 도시는 종(縱) 대류의 모습이다. 온통 상승과 솟음뿐이다. 모든 게 오르고 올라 한껏 고조된다. 그리고 그 만끽이 위에서 절정으로 폭죽처럼 터진다. 펑펑. 아름다운 빛깔과 형상들로 숲과 도시는 수놓아진다. 쏟아지는 저 보석들, 幻. 이 모두는 높이라는 神이 만든 현란한 축제다. 幻神! [243]

나무는 걷고 서고 걷고 서고 또 걷는 나그네와 같다. 걷는 것은 여름이고, 서는 것은 겨울이다. 나무는 걸으면 이파리라는 면으로 무성해지고, 서면 가지라는 선으로 뚜렷해진다. 나무는 하늘에 길을 놓는 나그네다. 그래서 나무는 형상 자체가 길의 모습을 하고 있다. 나무는 땅으로부터 하늘로 사방팔방 흩어진 길의 존재자다. … 누구든 걸으면 聖이 되고, 서면 俗이 된다. [244]

여름, 나무에는 강과 호수의 풍경이 공존한다. 언뜻 보면, 푸른 이파리는 일렁이는 호수처럼 보이고, 고동색 가지는 그 호수에 이르는 구불구불한 물줄기처럼 보인다. 나무는 그렇게 한 폭의 늪지를 닮아 있다. 하여 나무는 보는 것만으로도 매우 습하다. 생명의 기운으로 저리도 넘쳐 난다. '聖' 푸르다. [245]

42. 목질과 목질化

나무의 줄기는 땅의 요소고, 이파리는 하늘의 요소다. 꽃도 하늘의
요소다. 땅의 요소는 돌처럼 뼈처럼 견고하게 쌓이고, 하늘의 요소는
바람처럼 살처럼 천변만화한다. 하늘의 요소는 끊임없이 변하는 바
람을 닮았다. 하늘의 요소가 땅의 요소로 바뀌는 것을 목질化라고 한
다. 하강이다. 俗化다. 땅의 요소가 하늘의 요소로 바뀌는 것을 생명
化라고 한다. 상승이다. 聖化다. [246]

목질은 외부의 뼈다. 윤곽이다. 그 내부는 가락엿처럼 숭숭 비었다.
그리고 흐른다. 길이다. 숨이다. 살아 있다. 나무는 단단한 껍질 안
쪽으로 텅 빈 길이 가늘게 흐르는 구조다. 나무는 외적 實함과 내적
虛함으로 마천루를 꼭 닮았다. 메타세쿼이아를 본다. 목질은 외부로
드러난 뼈다. 그 뼈는 죽음이 굳어 만들어졌다. 그 뼈가 나무의 형상
윤곽을 이룬다. 나무는 죽음이 형상의 틀을 만든다. 나무는 죽음으
로 자기의 외형을 이룬다. 괴이하다. [247]

메타세쿼이아를 본다. 저 고동색 목질은 주변으로 내몰린 죽음이다.
둘레가 된 죽음이다. 껍질이 된 죽음이다. 그런 목질은 극히 건조해
진다. 건(乾). 낙엽이나 우리 몸의 각질도 일종의 목질이다. 죽음이
된 건조함이다. 반면 물이 기화하거나 이동하면 그 주위는 촉촉하게
습해진다. 생(生)으로 넘쳐난다. 습(濕). 습은 목질과 달리 살아 있
음이다. 말랑함이다. 건은 끊임없이 밖으로 밀려나 죽은 껍데기가
되려 하지만, 습은 안으로 파고들어 산 살덩이가 되려 한다. [248]

목질이란? 각질, 종이, 손톱, 낙엽, 털, 돌, 흙, 사리, 습관, 책 등.
목질은 생명이라는 말랑함으로부터 유발된 어떤 변종이다. 목질은
대체로 건조하고 견고하다. 죽음처럼. 죽음 같다. 목질은 수동적이
고 방어적이다. 애써 스스로를 지키는 것. 목질은 보수(保守)다.
땅化다. [249]

죽은 듯 견고한 나무의 목질 안으로 물과 양분이 흐른다. 목질은 일종의 도로다. 목질이라는 딱딱한 實 안으로 흐름과 순환이라는 말랑한 虛가 고여 있다. 죽음이 삶을 품는 것. 나무는 죽음으로 생존한다. 사즉생(死卽生). 나무는 신경망 같은 산 도로를 '俗' 죽음 안에 품고 있다. [250]

자연의 틀은 나무가 만들고, 문명의 틀은 돌이 만든다. 자연은 나무의 공간이고, 문명은 돌의 공간이다. 사실 돌은 나무 특히 목질을 대신한 것이다. 돌은 문명의 목질이다. 하여 문명의 목질에도 나무처럼 딱딱한 죽음이 배어있다. 문명도 자연처럼 죽음을 외부에 두르고 있다. 봐라. 저 적나라한 대퇴골, 늑골, 해골을. 문명의 뼈를. 돌을. 비명이 보이지 않는가. [251]

이파리는 빛을 핥는 혀요 말랑한 호수다. 이파리는 촉촉하게 살아있다. 그리고 자꾸 솟는다. 푸름. 습(濕). 반면 낙엽은 건조한 목질化다. 푸석푸석한 죽음이다. 바싹 마른 낙엽은 땅의 각질이나 비듬으로 보이는데, 그건 땅으로의 회귀다. 검음. 건(乾). 이파리가 푸른 하늘 되기라면, 낙엽이란 목질은 검은 땅 되기다. … 습(濕)은 높고 높아 聖이고, 건(乾)은 낮고 낮아 俗이다. [252]

도로는 문명의 뼈대다. 땅으로 길게 누운 단단한 틀. 도로는 가로의 틀로서 물질의 횡(橫) 대류를 돕는다. 마천루는 문명의 척추다. 하늘로 곧추선 견고한 틀. 마천루는 세로의 틀로서 물질의 종(縱) 대류를 돕는다. 도로와 마천루, 그런 틀들은 모두 공간의 견고한 구축을 돕기에 목질과도 같다. 즉 문명의 목질化인 것이다. [253]

마천루와 도로는 문명의 뼈고, 나무는 자연의 뼈다. 이들은 공간에 뼈대를 세워, 공간을 입체화한다. 이들은 공간을 虛하게 부풀려, 그 안에 온갖 통통한 형상들을 만들어 낸다. 이들이 없다면 공간은 그냥 뭉개져 땅이라는 實 덩어리가 되고 말 것이다. 거대한 무형

(無形) 말이다. 봐라, 뼈는 다 솟대인 거다. 땅에는 그런 뼈가 없기에 虛도 없는 거다. [254]

43. 聖은 무늬고, 俗은 무문(無紋)이다

聖이 단청의 종교라면, 俗은 흑백의 일상이다. 聖이 햇살의 하늘-정신이라면, 俗은 암흑의 땅-육신이다. 聖이 꺼림칙한 금기를 바탕으로 생겨난다면, 俗은 자유로운 허용과 만끽을 바탕으로 생겨난다. 聖이 인간 본성의 결과라면, 俗은 동물적 본능 그 자체다. 聖이 희희낙락한 놀이라면, 俗은 고달픈 생활이다. 聖이 섬세한 자개 문양이라면, 俗은 뭉개진 진흙 덩어리다. 聖과 俗은 홀로 존재할 수 없다. 聖과 俗은 서로 대칭을 이루는 한 쌍(双)이다. [255]

시간은 나뭇가지처럼 분기한다. 사건이 날 때마다 시간엔 새 가지가 돋고 새 관계가 생긴다. 봐, 쭉쭉 돋지? 시간이란 무성한 관계의 나무인 것이다. 시간이 흐를수록, 시간은 더 갈라지고 갈라져, 온 공간을 하나의 울창함으로 가득 채운다. 그렇게 시간은 세계의 나무가 되어 간다. 세계수 말이다. 그 나무의 줄기는 시간이고, 그 줄기에 난 이파리가 바로 우리다. 우린 色이거나 상(像)이다. [256]

聖은 무늬고, 俗은 무문(無紋)이다. 가령 부푼 풍선의 팽팽한 무늬 없음은 俗이고, 바람 빠진 풍선의 쭈글쭈글한 무늬는 聖이다. 풍선에 들어가는 바람, 그게 시간의 본질이다. 시간은 무엇에든 스며들어 그걸 풍선처럼 탱탱하게 부풀린다. 쫙 편다. 확 편다. 시간의 흐름이란 그렇게 표면의 무늬를 없애는 것이다. 민무늬를 만드는 것이다. 俗에 이르는 것이다. 하여 만약 聖이 되고 싶다면 그래서 쭈글쭈글한 무늬로 남고 싶다면 우선 시간을 초월해야 한다. '聖' 화석처럼 시간이라는 바람을 견뎌야 한다. 聖은 주름진 有고, 俗은 반질반질한 無다. [257]

俗은 다 뭉개려 든다. 틈새는 메우려 하고, 예리한 윤곽은 둥글게 하여 덩어리지게 한다. 俗은 反형상이다. 그래서 형상의 화신인 나무는 反속화라 할 수 있다. 나무는 접혀 뭉그러진 것을 하나씩 펴가는 존재다. 나무는 기지개를 펴듯 몸을 하나씩 펴가며 스스로를 전개한다. 저 무성한 잎사귀 또 꽃, 나무는 너무나도 聖化다. [258]

聖은 많아짐이고, 俗은 하나 됨이다. 聖이 섬세한 분화라면, 俗은 단순한 덩어리化다. 무수한 경계를 갖는 자잘한 것들이 하나의 큰 덩어리로 뭉쳐지면, 전체의 총 경계는 줄어든다. 즉 윤곽으로서의 경계는 덩어리의 외부 표면에만 남게 되고, 나머지는 모두 내부가 되어, 전체 형상은 구체(球體)처럼 극히 단순해진다. 봐라, 땅도 하늘도 바다도 모두 내부 윤곽이 없는 통짜의 덩어리이지 않는가. 모두 俗인 것이다. [259]

聖은 물을 좋아하는데, 이는 물이 무늬를 새기기에 좋기 때문이다. 그냥 비치기만 하면 되거든. 俗은 흙을 좋아하는데, 이는 흙이 덩어리로 뭉치기에 좋기 때문이다. 그냥 쌓아 두기만 하면 되거든. 이렇듯 물과 흙은 너무도 다르지만 한편 통하기도 한다. 가령 물이 죽어 목질化하고 또 목질化하면 걸쭉해지는데 그게 바로 흙이다. [260]

44. 펼치는 것은 聖이고, 뭉뚱그리는 것은 俗이다

갈라진 벽이 벽화 같다. 균열하면 금을 따라 새로운 경계가 생겨난다. 균열이 붓처럼 새 윤곽을 그린다. 균열하면 통짜의 덩어리로부터 특정한 형상, 무늬, 존재가 만들어진다. 그리하여 벽에는 꽃이 피거나, 글자가 새겨지거나, 겨울나무가 자라난다. 균열은 聖畵다. 聖化다. [261]

세세하게 구분하여 펼치는 것은 聖이고, 크게 뭉뚱그리는 것은 俗

이다. 그래서 말하기는 紋이고, 닿기는 俗이다. 말하기는 덩어리진 생각을 소리라는 무늬로 한 올 한 올 풀어내는 것이다. 말하기는 소리로 아롱지는 현란한 무늬인 것이다. 말하기는 자수의 紋이다. 반면 닿기는 俗이다. 닿기는 생각을 풀어내지 않고 접촉이라는 덩어리로 통짜로 전달하는 것이다. 미분화한 실뭉치. 닿기는 또 하나의 뭉뚱그려진 덩어리인 것이다. 닿기는 응축하는 俗이다. [262]

紋은 인간의 유희다. 동물은 俗만 안다. 인간만이 성스러움을 느낄 수 있다. 인간만이 영감으로서의 紋에서 무수한 말을 끄집어내고, 그 말의 반석 위에 紋의 아우라를 재구축해 낸다. 紋은 온갖 말로 축조된 실체 없는 또 허울뿐인 그러나 오묘한, 무엇이다. 紋이란 말과 관념과 영감이 일체가 된 정신의 무늬인 것이다. 없는 듯 있는 紋! 紋은 인간만의 놀이다. [263]

허공의 표피는 직선으로 흐르는 바람이고, 바다의 표피는 삼각으로 솟는 파도이며, 땅의 표피는 둥글게 구르는 생명이다. 직선-삼각형-원. 표피란 거대 덩어리의 외부 경계로서, 늘 어떤 반복된 무늬를 갖는다. 패턴 말이다. 물론 그 무늬는 다 찬란하다. 봐라. 허공과 바다와 땅의 내부는 그냥 뭉개진 덩어리로 밋밋한 俗을 이루고 있지만, 그 표피는 항상 빛나는 무늬의 화려한 紋을 이루고 있지 않은가. 俗의 표피는 무늬 진 紋이고, 紋의 내부는 뭉개진 俗이다. 紋과 俗은 이렇듯 서로 맞물려 있어 결코 분리할 수 없는 하나인 거다. [264]

덩어리 내부에는 바람이 없다. 바람은 표피에서만 일어난다. 덩어리의 표면에 이는 자잘한 보풀, 그게 바람이다. 그게 풍화다. 풀과 이파리는 사실 보풀인 거다. 지면이라는 표피에 인 보풀 말이다. 풀과 이파리는 바람의 한 종류이며 풍화의 한 모습인 셈이다. 그 풍화가 바로 생명이다. [265]

나무는 땅의 표피다. 나무는 천변만화하는 땅의 껍데기다. 살아 움직이는 무늬! 나무는 숨 쉬며 성장하는 땅의 무늬다. 나무는 늘 변하는 중인데, 그 변화를 바람이라고 할 수도 있겠다. 즉 나무는 그 자체가 바람인 것이다. 땅에 이는 아주 느린 바람. 나무는 진짜 바람과는 속도의 층위가 다른 유사 바람이다. 나뭇가지는 그런 바람의 느린 동선을 시각화한 것이다. [266]

45. 聖俗의 여러 모습들

俗은 흙이거나 터다. 바탕이란 말이다. 뙬이란 그런 俗에 반복하여 나타나는 어떤 무늬다. 흙에 그려진 여러 패턴들 말이다. 뙬은 주기적으로 혼돈의 俗을 휘저으며 이런저런 결 즉 균열을 만들어 낸다. 그래서 俗에는 끊임없이 무늬가 새겨지고 지워진다. 그 무늬들은 제각각 다르지만 대체로 겨울나무나 바다의 모습을 닮아 있다. 뙬 무늬란 주기적으로 비슷하게 반복될 뿐인 거다. 聖은 述而不作의 영원회귀다. [267]

산다. 살아간다. 살면 누구나 俗이다. 이 현실, 생활, 생존, 관계, 엮임은 모두 俗으로 귀결될 수밖에 없다. 삶은 타(他)를 필요로 하며, 타(他)는 결국 자(自)와 어우러져 하나로 뭉개질 수밖에 없으므로, 삶은 俗이 될 수밖에 없다. 俗은 땅처럼 삶의 바탕이다. 그런 俗에 생겨난 암 덩어리가 바로 뙬이다. 俗에 생겨난 기이한 혹이 뙬인 거다. 뙬은 일종의 기형 또는 변형이다. 뙬이란 俗으로부터의 비정상적 솟구침 즉 높이다. 솟대다. [268]

뙬이란 관계의 초월이다. 뙬은 접촉 빈도가 낮아지며 공기처럼 희박해지는 것이다. 뙬은 홀로 높이 솟아올라 새처럼 외로워지는 것이다. 반면 俗이란 관계의 심화다. 俗은 복닥거리고 밀도가 높아져 빽빽한 고체가 되는 것이다. 俗은 더불어 무거워지며 뱀처럼 낮게

가라앉는 것이다. 聖은 머리 위 하늘의 문제고, 俗은 발 밑 땅의 문제다. [269]

나무는 땅에 뿌리내린 俗이면서, 여러 패턴의 형상을 공중에 이루어내는 聖이다. 나무가 이루는 아름다운 반복과 변주, 대칭은 나무를 필히 聖이게끔 한다. 聖이란 변하는 무엇이다. 聖은 고정된 게 아니라, 팽팽하게 튕겨진 바이올린 줄처럼, 늘 변화의 과정 중에 있는 불안정이다. 그 불안정이 떨림과 음악, 무늬를 낳는다. 즉 聖이란 떨림이고, 그 떨림이 만들어내는 음악과 같다. 그래서 나무의 聖은 보이는 동시에 들린다. [270]

色은 한 겹 차이로 성스러워지거나 천박해지지. 가령 빨주노초파남보의 무지개나 붉은 개양귀비는 소박한 자연의 색깔로 성스럽지만, 알록달록한 네온사인이나 핏빛 담벼락은 인간 욕망의 적나라한 색깔로 천박해. 보라고, 같은 색깔이라도 한쪽은 위로하고 또 한쪽은 자극하잖아. 양극단의 이 모두를 우리는 그냥 聖이라 하지. 사실 성스러움은 천박함의 일종이고, 천박함은 성스러움의 일종이거든. 聖이란 그렇게 극과 극을 오가는 불안정이야. 그러나 俗은 한결같은 밋밋함이지. 俗은 늘 무의미한 무변(無變)의 안정인 거야. [271]

새카만 혼돈을 본다. 聖은 무늬고, 俗은 무늬 없음이다. 혼돈의 俗조차도 오래 응시하면 어떤 무늬가 문득 떠오른다. 세세한 규칙과 정교한 의미가 순간 떠오른다. 無로부터 살짝 문이 열리는 것. 응시는 신비다. 성스러움이다. 응시는 무문(無紋)의 俗을 문양의 聖으로 바꾼다. 응시는 푸른 聖化다. … 근데 이는 현실의 육(肉)이 아닌 관념의 놀이다. [272]

비로자나불의 몸에는 이 세상이 문신으로 새겨져 있다. 그의 몸의 무늬가 이 세계인 것이다. 그래서 땅은 비로자나불이다. 호수의 수면에도 이 세상이 비춰져 문신으로 새겨지므로, 호수 또한 비로자나불이다. 이들은 모두 세상의 온갖 무늬가 그 몸 위에서 명멸하는 표피의 화신이다. 즉 표피불(佛)이다. [273]

나비라는 저 형용에 이름을 붙인다. 가령 작은 홍띠 점박이 푸른 부전나비, 민무늬 굴빛 부전나비, 회령 푸른 부전나비 등. 이미 존재하는 형상이지만, 거기에 어떤 이름을 붙이면, 그 순간 그것은 오직 하나밖에 없는 고유함으로 우뚝 선다. 즉 이름이 하나의 개념이 되는 거다. 그것은 자연이라는 모호한 통짜의 덩어리로부터 어떤 구체적 형상을 조각해내는 것과 같다. 훨훨 나는 산 조각품! 이름은 실존化다. 또 聖化다. [274]

46. 수동은 俗이요, 능동은 聖이다

모든 접촉은 일종의 가시다. 관계는 가시다. 관계란 찔러서 상대를 자극하는 것이다. 관계는 능동성과 공격성에 바탕을 두고 있다. 즉 서로 치고받는 거다. 그래서 양각이다. 관계는 서로에게 붉은 상처를 돋을새김 한다. 봐라, 도시의 저 우울한 聖 무늬 핏빛 풍경을. [275]

독은 세상에서 가장 강한 영향력이다. 그래서 독은 聖 같다. 독은 너무도 강해, 상대는 聖化하는 순간 죽어 땅으로 俗化한다. 독이라는 극단적 聖의 대척점에 흙이라는 극단적 俗이 있다. 보면 성스러움은 대체로 독이고, 속됨은 대체로 흙이다. 聖은 지나친 작위라서 유해하지만, 俗은 무위라서 무해하다. [276]

먹는다. 먹는 것도 접촉이다. 먹는 것은 상대를 부숴 나와 섞는 거다. 형상의 소멸 그리고 일체화. 먹으면 상대는 사라지고 나는 남는다. 상대는 내가 된다. 먹는 것은 우리를 하나로 덩어리지게 한다. 한 덩이化. 먹는다. 먹는 것은 거대한 俗을 향한다. … 땅은 거대한 입이다. 다 먹는다. 땅은 수동적 먹보다. 흙 俗이다. [277]

수동은 상대에게 스민다. 물처럼 나무처럼 스민다. 수동은 상대의 결을 따라 스미기에 어떤 저항도 없다. 스미는 것은 감염시키는 것이다. 그리하여 수동은 상대를 무력하게 한다. 수동은 상대의 능동을 덩굴처럼 옭아맨다. 옭아매 꼼짝달싹 못하게 한다. 그리고 하나되게 한다. 누가 누군가? 경계가 없다. 수동은 은밀한 감염 또는 최면이다. [278]

聖은 무늬요, 俗은 무늬 없음이다. 俗은 익숙함이요, 聖은 낯섦이다. … 능동은 경쟁이다. 경쟁은 마천루에서 보듯 서로 먼저 솟으려 한다. 좀 더 빨리 하늘에 가까워지려 한다. 그리고 뚜렷한 무늬가 되고자 한다. 능동은 돋을새김과 같다. 그렇게 수직 방향의 경쟁은 그 전체로 진한 무늬를 이루며, 결국 우뚝한 聖이 된다. 그러나 치열한 경쟁이라는 능동도 聖에 도달하는 순간, 해탈한 듯 바로 고요해진다. 능동은 더 이상의 투쟁을 잃고 잠잠한 수동이 되어 버린다. 그리고 서서히 풍화하며 뭉개진다. 낯선 무늬는 곧 익숙해지며 무늬 없음처럼 보인다. 聖은 다시 俗이 된다. 聖과 俗은 그렇게 서로의 꼬리 물며 돈다. [279]

47. 수동은 聖이요, 능동은 俗이다

시간과 공간이라는 터는 수동이요, 그 터에 사는 생명은 능동이다. 거대한 것은 대체로 수동이고, 작은 것은 대체로 능동이더라. 만약 생명체가 거대해지고 싶다면 터나 시공 같은 수동적 요소를 바탕에 품고 있어야 한다. 가령 나무는 수직이라는 시간과 수평이라는 공간의 요소를 자체 내에 품고 있기에 저렇게 크게 자랄 수 있는 거다. [280]

수동은 느티나무처럼 거대하게 퍼지고, 능동은 치타처럼 작게 응축된다. 수동은 사슴의 눈에 비친 하늘처럼 초식의 푸름이고, 능동은 호랑이의 입가에 묻은 피처럼 육식의 붉음이다. 수동은 이파리라는 눈을 떠 빛을 응시하고, 능동은 이빨이라는 어두운 욕망으로 그림자를 향한다. 수동은 하늘을 파고들기에 수직이고, 능동은 들판을 휘젓기에 수평이다. 수동은 모호한 잠재성으로 무한에 이르고, 능동은 구체적 구현으로 유한에 머문다. 능동은 수동을 씹어 먹으나, 능동은 결국 수동에 빨아 먹힌다. 수동은 聖에 가깝다. [281]

나무는 구불구불한 수동이고, 마천루는 쭉 뻗은 능동이다. 오솔길은 굽은 수동이고, 도로는 곧은 능동이다. 수동은 결을 따르기에 곡선 같은 무위의 형상이 되고, 능동은 결을 어긋나기에 직선 같은 작위의 형상이 된다. 수동의 곡선이 푸른 바람이라면, 능동의 직선은 퍼런 칼이다. … 봐라, 수동은 聖이고 능동은 俗이다. [282]

문명은 능동의 향연이다. 그 능동성이 속도로 나타난다. 문명에선 속도가 빠를수록 능동적이고 느릴수록 수동적이다. 숲은 문명과는 다른 의미에서 능동의 향연이다. 그 능동성은 다양한 형상과 현란한 색깔 그리고 무성한 우거짐으로 나타난다. 숲에선 형태가 다채로울수록 능동적이고 단조로울수록 수동적이다. … 과도한 능동성은 알록달록 번잡하여, 야하고, 천하고, 속되더라. [283]

능동은 쨍하는 빛처럼 좌충우돌 시끌벅적 속되다. 능동은 환하지만 곳곳에 씨앗 같은 흑점도 뿌린다. 그 어둠이 무성하게 자라나 사바(娑婆)를 이룬다. 사바라는 복작이는 능동은 자꾸 俗化한다. 수동은 아늑한 그늘처럼 잠잠히 묵묵히 성스럽다. 수동은 어둡지만 곳곳에 씨앗 같은 빛점도 뿌린다. 그 빛이 무성하게 자라나 수도원을 이룬다. 수도원이라는 고요한 수동은 쉬이 聖化한다. 능동의 사바는 함께 덩어리져 땅이 되고, 수동의 수도원은 홀로 무성해져 나무가 된다. 그리하여 능동은 땅을 향하는 俗化고, 수동은 하늘을 향하는 聖化다. 능동은 어둠을 향하는 俗化고, 수동은 빛을 향하는 聖化다. [284]

도로는 빠름과 공격, 능동이라는 독을 끊임없이 도시에 퍼트린다. 거친 욕망으로 도시는 찢길 듯 위태롭다. 붉음. 피. 찢김. 그 독에 대한 해독제가 바로 가로수다. 일렬로 늘어서서 환호하듯 팔을 든 가로수를 보라. 만세! 가로수는 지쳐 헐떡이는 도시의 공간에 느림과 방어, 수동이라는 파란 여백을 주입한다. 풀-나무-숲. [285]

구불구불한 나무처럼, 수동에는 기형이 없다. 기형은 오직 능동만의 문제다. 꿈틀대는 쌍두사에서 보듯, 기형은 형태가 생존에 결정적 문제일 때에만 발생한다. 즉 기형은 형태의 경직성 때문에 발생하는 것이다. 수동은 유연하게 형태를 바꿔 무엇에든 적응할 수 있으므로 아예 기형의 문제가 없다. 수동은 푸른 성스러움이다. [286]

48. 길은 텅 비었고, 문명도 텅 비었다

길은 텅 비었다. 시장기가 도네. 그 텅 빔이 질주를 자극한다. 속도라는 욕망을 자극한다. 그래서 비면 빠르다. 공간은 꽉 차면 느려지고, 텅 비면 빨라진다. 봐라. 하늘은 빠르고, 땅은 느리다. 텅 빈 하늘은 그 전체가 온통 빠른 길이다. 온통, 획획, 획획. 하여 하늘을 올려다보면, 늘, 허기진다. [287]

도로는 땅의 하늘이다. 도로는 좁고 긴 띠 모양의 하늘이다. 그 하늘은 텅 비었고 빠르다. 그리고 검다. 날개 같기도 하다. 도로는 일종의 날개 달린 땅이다. 그래서 도로엔 늘 새 같은 솟음과 질주가 있다. 도로는 낮게 깔린 텅 빈 하늘이다. [288]

허기로 인해, 텅 빔은 아찔한 높이와 같다. 벼랑. 그 높이라는 잠재성이 쉬 속도로 변한다. 그래서 텅 빔은 속도다. 도시의 모든 형상은 그런 텅 빔에서 나오고, 텅 빔을 닮아 있고, 속도로 꽉 채워진다. 우-후-죽-순. 도시는 형상들마다 속이 빈 돌 대나무를 닮

아 있다. 배고프다. [289]

도로는 배고프고, 강은 배부르다. 도로는 그 바탕이 비었고, 강은 가득 찼다. 그러나 둘 다 흐른다. 강은 꽉 찬 공간 자체가 흐르지만, 도로는 텅 빔 속 욕망이 흐른다. 도로는 텅 빔이 욕망을 자극해 흐르게 하는 공간이다. 강에서 속도의 원천은 實의 높이차 즉 중력이지만, 도로에서 속도의 원천은 虛의 넓이 즉 욕망이다. 질주에의 욕망 말이다. [290]

마천루는 팔이 없다. 혹은 마천루는 스스로만을 껴안아 뭉뚱그려졌다. 돌 선인장 같다. 소통이 없다. 이기적이다. 마천루는 무수한 팔을 가진 이타적 천수관음의 대척점에 있다. 천수관음의 팔은 구원과 소통이므로, 마천루는 필히 反보살이다. … 나무가 꽉 펼쳐진 聖이라면, 마천루는 움츠린 俗이다. 그 마천루가 잔뜩 움츠려 품고 있는 것은 그냥 空이다. [291]

균열은 꽉 막힌 덩어리의 내부로 난 길이다. 그래서 갈라지면 통한다. 균열이란 소통의 분명한 증거다. 도시와 숲은 그런 균열이 무수히 반복돼 만들어진 사통팔달의 공간이다. 봐라, 통하니 다 솟지 않는가. 도시와 숲은 끊임없이 갈라지며 또 부단히 소통하며 무수한 형상들을 위로 위로만 솟구쳐 올린다. 활활. 그 높이가 통짜의 하늘을 뱀의 혀처럼 마구 쪼갠다. … 俗된 聖化 … 聖스러운 俗化. [292]

움직일수록 앞으로 몸이 생기고, 뒤로 몸이 지워진다. 앞에서 살고, 뒤로 죽는다. 동선이란 순차적으로 앞의 虛를 삼키는 것이며, 뒤의 實은 삼켜지는 것이다. 앞의 虛는 實이 되고, 뒤의 實은 虛가 되는 것이다. 그리하여 움직이면 끊임없이 먹고 먹힌다. 아귀처럼, 우적우적. [293]

森森

이미지 시론

1. 시란 관점의 축적 및 축조다. 시 쓰기는 관점을 조직화하고 체계화하는 일이다. 시는 관점으로 지은 관념의 건축물이다. 정서의 건축물이 아닌.
2. 시집의 짜임새는 神의 전지적 기획을 모방할 게 아니라, 개미의 창발성을 모방해야 한다. 즉 시인이 어떤 전체적 무늬를 의도하지 말고, 시 각 부분의 지엽적 관계 속에서 전체 무늬가 저절로 생겨나게 해야 한다. 시인은 창조자가 아니라, 시집이라는 무작위 무늬에 대한 첫 감상자다.

Ⅰ. 망(網) 표현1

3. 태풍처럼 시집에 눈이 생겨나게 할 것. 그 눈을 중심으로 시 관계망이 자기 조직화하게 할 것. 시집이 스스로 눈떠 온갖 영감을 뿜어내게 할 것. 그 소용돌이치는 눈이 바로 시의 자의식이다. 자의식이란 이미지의 중첩 관계에서 솟아난 자발적 '뜻'이다.
4. 관계망은 굵은 망과 자잘한 망으로 구성된다. 굵은 망은 끊임없이 반복 변주되며 시의 단단한 뼈대가 되고, 자잘한 망은 단발로 나타나 시의 부드러운 살이 된다. 망 표현의 풍요로움과 정교함은 자잘한 망에 있다. 굵은 망은 모티프처럼 시 전체에 반복하여 나타나는데 결국 논리가 된다. 자잘한 망은 형형색색의 수식어로 나타나 관념의 시를 형상으로 부풀게 한다.
5. 꽉 채운 통짜의 표현보다는 그물망 표현이 더 효율적이다. 그물망 표현은 문장 사이사이에 비약이 들어가 더 적은 문자로 더 많은 것을 잡아낼 수 있다. 더 큰 것을 포획할 수 있다. 또 비약은 유연한 관절과도 같아 스스로 꺾고 꺾이며

표현 대상을 그 윤곽에 맞게 잡도록 해 준다. … 솔리드
(solid) 표현은 대상을 직선으로 치지만, 망 표현은 스스로
휘며 끌어안는다.

6. 그물망에서 이미지는 점이고, 통찰은 선이다. 선은 관계다.
이미지는 뜻들이 견고하게 응축된 보석과 같다. 이미지는
반짝이는 매듭이요 닻이다. 반면 통찰은 파동이고 무늬다.
음악이고 돛이다. 통찰은 이미지와 이미지를 잇는 관계의
동선으로, 항상 과정 중에 있는 '잠시'다.

7. 단발 표현은 고립으로 인해 유한해지기 쉽다. 그러나 관계
망을 이루는 순간, 그 표현은 무한이 된다. 이는 주변과의
다양한 엮임으로 파동 같은 무한의 관계가 발생함을 의미
한다. 관계의 동시다발적 퍼짐 혹은 획. 그건 무늬요 뜻이
다. 하여 어느 순간, 시에 의식이 출현할 수도 있다.

8. 이미지는 항아리다. 이미지엔 온갖 관계가 긴 시간 동안 차
곡차곡 쌓인다. 이미지는 비언어적 퇴적물이다. 그 이미지
가 다른 이미지와 엮이면 그동안 축적했던 관계를 하나씩
방사해 가는데, 우린 그때 통찰하게 된다. 그 방사는 물론
언어적 선(線)이다. 그 선이 얽혀 망이 된다.

9. 굵은 망은 이미지 사이의 주 관계를 형성하고, 잔망은 이미
지 사이의 보조 관계를 형성한다. … 수식어는 이미지 그물
망에서 잔망의 기능을 한다. 잔망은 시 전체의 그물망을 세
세하게 강화시킨다. 모세 혈관 같다. 수식어는 따로 겉돌지
말고 시 전체의 짜임새에 기여하도록 잘 조율돼야 한다. 잔
망은 뉘앙스다.

10. 망시(網詩)에선 이미지 사이의 아귀가 잘 맞아야 한다. 즉
논리적 일관성이 있어야 한다. 그래야 전체 틀이 강건해진
다, 탱탱해진다. 아귀 맞음은 시의 내재적 뼈대가 된다. 그
러나 수학과 달리 網詩는 그 내부에 약간의 삐걱임 즉 모순
을 허용하는데, 이는 오히려 시에 긴장을 불어넣어 시를 더
유연하고 다이내믹하게 한다.

11. 그물망은 매듭과 선(線)으로 이루어진다. 매듭이 이미지라면, 선은 찰기다. 선은 이미지 사이의 관계를 의미한다. 이미지는 '形'으로 버틸 뿐, 시의 의미는 모두 관계에서 나온다. 그 관계가 통찰을 잡아내는 순간, 시의 망엔 강한 텐션이 걸린다. 떨림, 유레카.

12. 망 구조는 덩굴 같은 반복변주를 그 바탕으로 한다. 푸른 이파리와 붉은 줄기의 연속 말이다. 망 구조는 자연을 닮은 무한 식물성으로 온갖 '뜻'들이 우거진 관념의 정글을 만들어 낸다. 반복변주는 대개 관계의 겹겹 즉 겹化로 나타나는데, 이는 시 짜임새와 찰기의 근간이다.

13. 대부분의 시는 기승전결의 구조를 바탕으로 어떤 구체적 형상을 갖는다. 반면 망시(網詩)는 넓게 퍼진 그물망의 구조로, 관계-관계-관계의 겹만 있을 뿐, 無형상이다. 또 자신의 형상이 없기에 어떤 형상이라도 맘껏 잡아낼 수 있다.

14. 일반적 표현은 짜임새의 정도에 따라 완성도의 기복이 크지만, 그물망 표현은 구체적 형상이 없기에 짜임새의 기복도 작다. 그물망 표현의 짜임새는 끈적함의 정도 즉 상관도(相關度)나 찰기로 평가한다. 그물망 표현은 한 방향으로만 옥죄는 기승전결의 강제가 없고 사방으로의 관계만 있기에, 무형(無形)의 자유다.

15. 이야기 찰기와 그물망 찰기. 이야기 찰기는 단선의 흐름이고, 그물망 찰기는 복선의 흐름이다. 그물망 찰기엔 여러 방향의 흐름이 동시에 집합적으로 존재한다. 이야기 찰기는 명징한 결을 가진 의식적 표현의 결과고, 그물망 찰기는 모호하게 얽힌 무의식적 표현의 결과다.

Ⅱ. 이미지 시

16. 이미지는 아이의 꿈처럼 자란다. 이미지는 현실을 벗어나 공중에서 자라는 기이한 상상 나무다. 이미지로 이루어진 울창한 상상들, 숲, 푸른 뱀. 날개 돋은 뱀 그리고 뱀 깃 돋

은 새. 이미지 시는 현대판 신화다.

17. 이미지 시에선 스토리보다 관계망이 더 중요하다. 즉 찰기가 더 중요하다. 이미지 시는 스토리라는 굵은 단선(單線)이 아닌, 망이라는 가는 다선(多線)으로 존재한다. 그 얽힌 선들은 한자의 획을 닮아, 망 안엔 여러 개의 한자가 들어 있는 듯하다. 여러 개의 '뜻'이 들어 있는 듯하다. 한자가 획들의 집합이듯 망도 획들의 집합, 뜻들의 집합이다.

18. 이미지는 사리(舍利)와 같다. 그래서 건조하고 단단하게 응축되어 있다. 이미지는 사유가 뭉친 사유의 사리이고, 감정이 뭉친 감정의 사리이며, 표현이 뭉친 표현의 사리다. 이미지는 각자의 관념 체계에서 평생 사라지지 않을 근원적 무엇이다. 관념의 기저(基底) 말이다. 그 기저는 극히 사적이다.

19. 이미지는 감정이 휘발하고 남은 찌꺼기 같은 것이다. 건조하고 굳다. 견고하다. 하여 블록처럼 쌓을 수 있다. 성채도 지을 수 있다. 이미지는 철학의 개념을 닮았다. 그래서 이미지는 단발로 그치지 않고, 엮이며 쌓으며 상하좌우로 확장될 수 있다. 이미지는 돌처럼 체계화되기 쉽다.

20. 서정시는 문장의 예술이고, 이미지 시는 통찰의 예술이다. 서정시는 통찰 없이 감정 표현만으로 존재할 수 있지만, 이미지 시는 통찰 없인 존재할 수 없다. 이미지 시는 깨닫고 또 깨닫는 깨달음의 예술이다. 서정시가 비(雨)의 예술이라면, 이미지 시는 해(日)의 예술이다.

21. 관계망이 유발하는 영감, 통찰 등이 이미지 시의 주요 목표다. 영감이나 통찰은 망의 특정 부분이 번뜩임으로 뜻으로 활성화되는 것을 의미한다. 확 빛나는 것 또는 머릿속 눈뜨기 또는 머릿속 커다란 꽃, 그게 시의 자의식이다. 자의식은 뜻의 지속으로, 주위의 명멸 속에서도 쉽게 붕괴되지 않는 솔리톤(soliton)을 닮았다.

22. 낯선 대상에서 익숙한 이미지를 끄집어내는 것은, 세상을 구

성하는 반복 요소를 찾는 것이다. 패턴 말이다. 그걸 해(解) 찾기 혹은 통찰이라 한다. 대상을 그렇게 이미지라는 기본 요소로 해체한 후 음악적 망으로 재구축한 게, 이미지 시다.

23. 직관적인 저차 이미지로부터 관념적인 고차 이미지를 만드는 것. 그리고 저차와 고차의 이미지가 뒤얽힌 이미지 구조물을 만드는 것. 그게 시다. 저차 이미지는 흔하고 평범하기 쉽지만, 그런 이미지로 구축된 고차 이미지는 매우 드물어, 그 자체가 하나의 통찰과도 같다. 고차 이미지는 이미 방정식이다.

24. 고고학, 신화학이 된 신화를 현재에 부활시킨 것, 그게 이미지 시다. 이미지 시는 공공의 신화를 개인 차원에서 다시 구현한 것이다. 사적 신화. 이는 시의 새로운 가능성이다. 예술이란 빈 공간을 찾아가는 여정이다. 하여 빈 공간이 보이면 즉시 뛰어들어야 한다. 그렇지 않으면 클리셰에 빠지고 만다.

25. 이미지 시는 수채화 같은 '풀'의 표현이 아니라, 유화 같은 '목질'의 표현이다. 그래서 걸쭉하고 겹겹으로 쌓기 좋다. 또 가르고 합치기 좋다. 이미지 시는 사유의 축적, 성장, 조직화에 유리하다. 이미지 시는 묵묵히 견디며 자라는 나무를 닮았다. 퇴고 작업이 시의 목질化를 더한다.

26. 이미지 시에는 현실이 없다. 텁텁한 현실은 이미지로 치환돼 은유 뒤에 숨는다. 이미지 시에선 현실을 대신한 담담한 은유가 전면에 나선다. 그리곤 스스로의 논리에 따라 매끄럽게 전개된다. 수학처럼. 하여 시엔 은유의 방정식이 덩굴처럼 펼쳐진다. 그 전개된 은유를 다시 뒤집으면 현실에의 통찰을 얻게 된다.

27. 이미지의 상징성 때문에 이미지 시는 관념적이고 추상적이기 쉽다. 이를 보완하기 위해 이미지 시의 표현은 가능한 시각적인 게 좋다. 이미지의 관계로 이루어진 한 폭의 그림을 펼치듯 시를 구성하라. 그럼 시의 각 상황들은 문득 상

형 문자처럼 또 풍경처럼 보일 거다. 하여 뜻으로 形으로
솟아오를 거다.

28. 새, 뱀, 나무와 같은 단어는 추상어다. 관념어다. 형상이 없
다. 구체적으로 올빼미, 코브라, 메타세쿼이아라고 해야 구
상어가 된다. 그래야 형상이 나타난다. 새, 뱀, 나무와 같은
단어는 습하고 말랑한 감성이 아닌 건조하고 단단한 이성
의 언어다. 그래서 긴 호흡으로 논리화하고 이론화하며 축
조해 가기에 적합한 언어다. 그건 이미지 시의 언어다.

29. '솟대 나무' 같은 견고한 이미지는 이성적이고 관념적이다.
그래서 블록처럼 쌓기 좋다. 성채를 만들기 좋다. '슬픈 나
무' 같은 말랑한 이미지는 희로애락의 표현이어서 순간순
간 감정이입하기 좋다. 공감하기 좋다. 그러나 쌓을 순 없
다. 견고한 이미지는 이미지 시와 잘 어울리고, 말랑한 이
미지는 서정시와 잘 어울린다.

III. 망(網) 표현2

30. 그물망 표현은 응집된 덩어리가 아니라 얇게 표피化한 무엇
이다. 꼭 그림 같다. 그건 이미지에서 뻗어 나온 관계의 선
들로 수놓아진 그림이며, 관념의 그림이다. 또 순차적이 아
닌 동시에 존재하는 무시간성의 무늬며, 거뭇한 관계의 망
이다. 시란 나와 너에게 한 겹 '뜻' 무늬를 새기는 일이다.

31. 그물망 표현의 목적은 창발 현상의 유도다. 창발 현상은 자
발적 패턴이 만발하게 하는 것, 사통팔달의 관계에 의해 의
도한 것 이상의 무늬가 솟게 하는 것, 꽃과 새와 뱀이 뛰놀
게 하는 것 등이고, 궁극적으론 시에 의식이 출현케 하는
것이다. 하여 누구나 '形'의 영감을 받도록 하는 게, 망 표
현의 목적이다.

32. 스토리化는 그럴듯함을 지향한다. 설득력 높이기 말이다.
그건 작위고, 의지다. 스토리化란 끊임없는 중심化하기다.

망시(網詩)엔 그런 스토리가 없다. 중심이 없다. 주제만 있다. 스토리化엔 형상 바탕의 완결성이란 게 있지만, 網詩엔 무형의 찰기만 있을 뿐이다.

33. 그물망의 무늬는 음악적이다. 그것은 짜임새나 골격을 갖춘 각진 '교향곡' 타입의, 혹은 찰기만 있는 둥근 '재즈' 타입의 지적 음악이다. 그 음악성은 이미지 관계의 지속적 반복 변주로부터 나온다. 덩굴, 넝쿨처럼. 이미지 관계는 반복변주 될수록 더 리드미컬해지는데, 결국 단단한 논리가 된다. 모든 선율은 논리다.

34. 문장을 기승전결의 일직선으로 보지 말고, 상하좌우의 너른 망(網)으로 봐라. 그럼 완전히 다른 풍경이 열릴 거다. 우선 표현 전체는 경직 없이 느슨해지며, 사방으로 뚫린 인식의 통로 즉 도로망으로 변할 거다. 그리곤 조감도를 보듯 전체가 하나로 동시에 떠오를 거다. 그건 직선에 갇힌 순차적 시야가 아닌, 탁 트인 동시적 시야를 뜻한다.

35. 기승전결의 문장은 한 방향으로만 흐르는 진한 '작위'지만, 망 문장은 분방하게 사통팔달로 흐르는 모호한 '무위'다. 망 문장은 특정한 방향 없이 오직 찰기만으로 동심원처럼 퍼져 나간다. 저 겹겹의, 너른 뜻 무늬. 기승전결의 문장이 한 점 낚시질이라면, 망 문장은 방대한 그물질이다.

36. 은유 방정식 또한 망의 형태다. 은유 방정식은 단선(單線)의 논리 사슬이 아닌 다선(多線)의 관계 그물망이다. 은유 방정식에는 여러 맥락이 '동시'에 존재하며, 또 서로 얽혀 관계의 집합체를 이룬다. 은유 방정식을 통할 때, 시적 사유는 투망처럼 퍼지며 여러 통찰을 두루 잡아내는데, 그 관계의 퍼짐이 바로 찰기다.

37. 망의 각 부분은 쉽고 간결해 여기서 저기로의 흐름이 원활해야 한다. 그래서 한 부분을 읽으면 근처의 여러 부분이 '동시'에 활성화되어야 한다. 즉 뜻이 하나의 '形'으로 떠올라야 한다. 뇌처럼. 그럼 어느 순간 통찰로서의 망-의식이

출현할 수도 있다. 망-의식이란 복잡하게 얽힌 동시적 관계 속에서 1+1=3이 되게 하는 즉 의도한 것 이상이 나오게 하는 과정이다.

38. 보통의 표현은 강의 흐름을 닮았다. 이는 삼차원으로 덩어리진 사유를 강제로 일차원화한 것이다. 이는 차원을 축소시켜 하나의 선(線)에 꿰어 맞춘 것이기에 부자연스럽다. 사유의 표현은 갈라지고 갈라지며 사방으로 퍼지도록 망화(網化)하는 게 더 자연스럽다. 망은 모든 곳이 '흐르는 門'이다.

39. 관계없음은 空이고, 관계는 色이다. 모든 실체는 관계 속에서만 나온다. 관계없이 동떨어져 있는 건 존재하지 않음과 같다. 그래서 관계의 얽힘 즉 망(網)은 실체化하기다.

40. 망(網)과 군(群). 망 안에 군이 있다. 군은 망 안에서 부분적으로 강하게 응집된 덩어리다. 그것은 공명하듯 작게 활성화한 덩어리다. 군은 하나인 것처럼 동시에 떠오른다. 군은 명료한 의식처럼 하나로 뭉친 '뜻'이다. 망이 한 문장이라면, 군은 한 단어와 같다.

41. 망 표현은 부분적으로 단순하고, 전체적으론 복잡할 것. 망 표현에서 개별의 선(線)은 쉽고 곧으며 직관적이지만, 전체의 선은 복잡하게 반복 변주되고 휘며 얽힌다. 그렇게 복잡해지면 그 안엔 모든 게 다 있다. 즉 그건 우주가 된다. 하여 망을 읽으면 어떤 '뜻'의 문자들이 막 떠오른다. 자발적 통찰들이 쏟아진다.

42. 망 표현은 갈라짐과 합쳐짐의 집합이다. 망 표현엔 다중의 관계가 있고, 그 관계는 동시적이다. 또 그 관계는 서로 애매하게 중첩돼 있고 서로 간섭한다. 망 표현은 잠재된 관계들의 집합 또 맥락들의 집합인 것이다, 뇌처럼. 하여 망 표현엔 모호함으로부터 유발된 무한이 있다.

43. 축구에도 망 구조가 있다. 패스는 팽팽한 긴장의 관계고, 골은 자의식이다. 공 주위에는 활성화한 군(群)이 형성된다. 군은 통찰이다. 망시(網詩)는 온통 門인 축구를 닮았다.

44. 망 표현은 가능한 대구(對句)화하는 게 좋다. 그래야 망에 뼈
대가 생기고 걸쭉한 구조도 생긴다. 표현을 끊임없이 반복
변주시키는 것도 망에 뼈대를 세우는 일이다. 뼈대란 선(線)
의 팽팽함을 의미한다.

Ⅳ. 은유, 방정식

45. 외적 관계는 쉬 변하지만 내적 관계는 불변이다. 그래서 통
찰은 내구성 좋은 내적 관계에 숨겨져 있다. 통찰은 땅속
감자 무더기와 같다. 내적 관계는 오직 은유로만 추적해 낼
수 있다. 은유는 호미 같이 캐는 도구다. 은유는 鬪이다.

46. A는 B다. 은유는 A와 B를 엮는다. 은유는 A와 B를 실처럼
꿰맨다. 하여 두 공간은 얽힌다. 섞인다. 통한다. 흐른다. 은
유는 관념에 관계의 선을 긋는다. 관념을 짝짓는다. 그리고
패턴을 낳는다. 은유는 얽히고설킨 망(網) 시의 근간이다.

47. 은유 방정식은 공간 사이의 강한 엮음이다. 공간을 강하게
엮으면 그 반발로 공간이 찢기는데, 그때 공간에 숨겨진 통
찰이 파편처럼 쏟아져 나온다. 그게 은유 방정식의 해(解)
다. 깨달음 말이다. 이미지 시는 情이 아닌 知의 시다.

48. 은유에 기대어 세상에 숨겨진 기본 패턴을 찾는다. 그 패턴
은 세상을 구성하는, 늘 반복되는 최소 단위다. 모든 통찰
은 그 단위의 조합만으로 재구성될 수 있다. 그 패턴이 인
식의 기저(基底)다. 시란 끊임없이 은유를 찾아내고, 그 은
유를 재구성하는 과정이다.

49. 은유는 자명하고 직관적인 게 좋다. A와 B 사이의 관계가
쉽게 떠오르도록. 관계의 선이 쉽게 이어져 망으로 얽히도
록. 은유는 일방적 독주가 아닌 상호 공감이어야 한다. 그
러나 그 은유로 이루어진 방정식은 꽤나 反직관적이다. 그
건 복잡하고 미묘한 응축물이며, 그 안엔 꼭 통찰이 숨겨져
있다. 은유는 통찰을, 때론 묻고 때론 캔다.

50. 방정식의 본질은 응축이 아닌 은유와 상징에 있다. 형상 간 얽힘과 암시 말이다. 시 문장은 견고한 은유 방정식을 지향하고, 시집 전체는 유연한 은유 관계망을 지향하는 게 좋다. 하여 문장은 상황을 직선으로 지탱하고, 시집은 주제를 곡선으로 포획한다.

51. 은유는 공간을 엮어 공간을 찢는다. 보통 통찰은 익숙한 공간의 안쪽에 깊이 감춰져 있다. 그래서 잘 안 보인다. 익숙함은 몽매다. 그것을 찢어야만 통찰이 나온다. 공간을 치장하면 무드 즉 감정만 나올 뿐이다.

52. 은유의 크기는 다양하다. 은유는 문장 단위일 수도 있고, 문단 단위일 수도 있으며, 시집 단위일 수도 있다. 은유는 커질수록 더 안으로 얽히며 망의 구조를 닮아간다. 그리고 얽히고설킨 끈적함으로 망은 둥글게 말린다. 그 둥글게 휜 정도가 시의 주제 혹은 자의식이다. 시의 자의식은 표현의 곡률과 관계있다.

53. 은유化하면 게임化한다. 은유는 표피化이며 놀이化다. 은유化하면 현실은 암시 뒤에 숨는다. 그러면 현실은 조작과 놀이가 쉬워지도록 얇아지고 가벼워진다. 즉 표피化한다. 시나 수학, 바둑이 그러하듯. 거기에 현실이라는 무거움과 복잡함은 없다. 하여 은유化하면 누구나 매끄럽고 탄탄한 논리의 망을 짤 수 있다.

54. 은유는 패턴 찾기다. 현실 속에 숨겨진 관계의 패턴을 찾는 것, 그게 은유의 본질이다. 물론 한번 찾은 패턴은 단발로 그치지 않고, 다른 상황에도 반복 적용된다. 패턴은 세상을 인식하는 통찰의 만능 키다. 패턴은 주술적 '形'으로 방정식을 빼닮았다.

55. 망(網)이라는 표피가 찰기로 둥글게 휘면, 겉은 속을 갖게 된다. 얇음엔 깊이가 생겨난다. 그래서 뭔가를 포획할 수 있게 된다. 그 찰기는 은유의 관계로부터 나온다. 은유의 아귀가 잘 맞을수록 망은 더 크게 더 깊게 더 탄탄하게 휘는데, 그땐 고래까지도 잡을 수 있다.

권태철

시집 『아라베스크』 출간(2007년)
시집 『아라베스크-四季』 출간(2011년)
시집 『아라베스크-깃발』 출간(2015년)

아라베스크 聖俗

초판인쇄 2019년 7월 16일
초판발행 2019년 7월 16일

지은이 권태철
펴낸이 채종준
펴낸곳 한국학술정보㈜
주소 경기도 파주시 회동길 230(문발동)
전화 031) 908-3181(대표)
팩스 031) 908-3189
홈페이지 http://ebook.kstudy.com
전자우편 출판사업부 publish@kstudy.com
등록 제일산-115호(2000. 6. 19)

ISBN 978-89-268-8887-2 03810